慢得刚刚好的生活与阅读

慢半拍，我的书店光阴

解彩艺 —— 著

化学工业出版社

·北京·

徐智明，1995年创办龙之媒广告文化书店，2010年创办快书包电子商务公司。著有《广告策划》《广告文案写作》《我爱做书店》等书，译著《广告的艺术》《大卫·奥格威自传》，策划出版广告等领域专业图书150多种。现从事投资和顾问工作。

推荐序（一）
前有钟芳玲，后有好摄女

  提起钟芳玲，书店业者和喜欢书店的人几乎无人不知。在我们还很少出国的小二十年前，大家通过她的《书店风景》了解了原来世界上还有那么多有特色的、美丽的书店。

  我不知道有多少朋友看了钟芳玲的书，按书索骥，去国外旅游时寻找那些有历史的地标书店、特色书店。我第一次了解莎士比亚书店就是通过这本书，后来在2006年第一次去巴黎时，就找到了莎士比亚书店，在那里流连忘返，日暮才归。

  后来钟芳玲出版新书《书天堂》，我受邀担任在北京的一场发布会的主持人，再一次和大家一起感受了世界上的那些美好的书店。也许中国大陆一些特色书店的开办，就与钟芳玲的书有或多或少的关系。

《书店风景》出版十几年后,有个小姑娘也走上了泡书店、拍书店、写书店的路,那就是好摄女。

2013年7月,我决定关闭经营了将近十九年的龙之媒广告书店。为了让那些对龙之媒怀有深厚感情的读者朋友表达眷恋,也为了让一些想开书店的朋友体验开店,还为了清库存,我设计了一个长达半年的关店倒计时和"一日店长"活动,每天可以有一位读者朋友来当"一日店长"。好摄女就是一百多位临时店长中的一位。这是我们第一次接触。

2013年12月31日,我邀请曾经在龙之媒书店工作过的十几位老同事回来聚聚,也算是关闭书店的一个仪式。好摄女自告奋勇当摄影师,拍下我们关店的过程,记录我们这家书店的最后一天。这时我才知道她有摄影的爱好和才能。

后来通过微博微信,知道她在七年间,走了全国二十几个城市,拍摄了一百多家书店,并和几十家书店的店主做了访谈。于是有了今天这本《慢半拍,我的书店光阴》。

书中很有意义也令人唏嘘的板块是"那些已经消失了的书店",其中就包括我的龙之媒书店。我们每年、每月都要在互联网上纪念那些正在消失的书店,这让我们切身感知美好和商业之间的矛盾和共存。消失了,是历史使命的完结;想起她,是想起自己生命中的美好。

好摄女请我给她的新书写序,我毫不犹豫地答应了。主要是因为我的一生一直与书店交织着:1985年在我还上中学时就开过书店;1995年开办了全国第一家广告专业书店;2005至2010年担任了五年的中发协非国有书业工作委员会秘书长,和全国做书店的朋友密切接触了五年;2010年又出版了我和高志宏合写的《我爱做书店》。看到好摄女如此关爱书店,与大家分享书店的美好,提携后辈责无旁贷。

钟芳玲写书店,侧重历史、宏观,尽量展示一家书店的全貌;好摄女写书店,侧重细节,文字感性,拍摄优美,让我们从一个女孩子的角度感知一家书店。

钟芳玲在一二十年间去了世界上一千多家书店,好摄女走了中国的一百多家书店。我们期待着好摄女也能走访一千多家书店,为未来记录下当今的书店的美好,从她的角度留下书店的历史。

这一次看到书稿,我才知道好摄女的真名叫彩艺。

徐智明

2017年于北京

女贼，作家，独立出版人，前纸媒主编，企业高管，小企业主，独自旅行过二十多个国家。七年前将生活清零，迁居大理，发愿不再活得众望所归，只想活得心有所栖。创办小微文创品牌"杂字"和独立出版品牌"七寸"。以文学为定情物，私定余生，开书店，开酒馆，开民宿，兼玩出版、写作、设计、酿酒、机车、航拍……把这辈子剩下的半截玩着用完。

推荐序（二）
愿每个对书店专注而长情的人，都心有所栖

1/

"在这里，最脆弱的梦想，都能找到最真诚的拥护者。"

写这篇之前，我试图拿一本书来比拟做出版、开书店这七年的心路历程，认真想了想，还是选了这本《消失的地平线》。

不仅仅是因为少有一个行业，能像书店这样，看似命悬一线但总能匪夷所思地存在着，柔韧、丰盛、共鸣，维系着脆弱的梦想和真诚的拥趸。还因为《消失的地平线》笔下的山谷里，人们认为，行为有过度、不及和适度三种状态，过度和不及是罪恶的根源，只有适度才是完美的，所以，人与他

人、人与自然，人与信仰，人与秩序之间，都遵守着一种"适度"的美德，这使得山谷里的居民都祥和而安宁，纯真而动人。误入其中的人，尽管后来发觉这是个圈套，但还是待在里面不愿意出来，于是，圈套就成了美丽的圈套。

这么一个不断有人投奔的天堂，又不断有人逃离的大坑——天堂和火坑的合体，书店就是其中一个。

阅读是个避难所。

读书是门槛最低的高贵。

恕我直言，在这么一个变局和焦虑的时代，书店并不能提供什么避难和栖息，虽然实质上是一个同类聚集的空间，但它的社会属性不能被商业功能所谅解。不要以为是书店，就可以有理由像体弱多病的孩子那样获得更多关照——市场是个脾气诡异的怪老头，他每隔一段时间都会发发脾气，过滤和删选所有的经济体，包括书店。

阅读的方式早已转移，读者更难伺候和拴住，书店再以情怀之名分，以天堂之撩拨，以高贵之美化，都不能阻挡其日趋艰难。

开书店，被意义放大化了。其实就是一个愿赌服输、后果自负的事儿，为什么弄得这么悲壮呢？开书店，是你喜欢和擅长的事儿，让你去开个洗脚屋，一是你不会，干不了，二是你不喜欢，越干越烦。说白了，自我滋养和外力损耗之间，书店是平衡点。如果夏天握着一块烫手山芋，你迟早会甩出去，根本熬不到冬天，待那时再把它变成一个暖手宝。

专注而长情的，才能把喜欢的事儿，当成此生最好的犒赏。

2/

曾经认真推荐过，长期专注于记录书店的，台湾有钟芳玲和侯季然，大陆有本书作者好摄女。

钟芳玲记录国外的书店，侯季然记录台湾的书店，好摄女记录大陆的书店，仿佛有一种默契，各自在迷雾丛林里某一处栈道点亮一盏灯，让初入书店丛林里的人们，每走一段就看见一处光。

这世界，总得有人干点儿莫名其妙的事儿，否则总是众望所归的，多无趣啊。

有一年在台北国际书展上偶遇导演侯季然，他拍摄台湾独立书店的系列短片《书店里的影像诗》，聊起台湾的独立书店和独立出版，小而美，是这个行业的基因；高知名度和低转化率，是这个行业的死穴。能够活着，而且活得自得其乐的，方式其实大同小异：多元经营、小成本，以及来自政府、基金、社区、店主兼职、会员或者粉丝的供养。

与好摄女相识几年，每次见面聊天的话题，从来都没离开过书店，两个女人聚会，竟然从不谈八卦，想想也是够奇葩。对书店的关注，已经是我们身上文身式的专情，仿佛霸蛮的巫师，自带吸星大法，吸走了眼睛接收外物的主要触角，区别不过是，我眼睛里的收纳盒是做出版、开书店，而她眼睛里的收纳盒是探访书店，行摄书店。这些年，她深居北京，游走各地的书店，出版《好摄女泡书店》，拍摄纪录片《有一种生命叫书店》，我窝在大理，埋头深耕一件喜欢而且笃定的事儿，守着"杂字"土里刨食，远远相望，惺惺相惜，在人人都是一座孤岛的人海中，在拉黑比拉屎还随意的朋友圈，竟然一直都没走散过。

　　书店，一开始就是一小撮人搂着不放的玩具，也注定会是一小撮人的寂静和欢喜。

　　如果你想做个开天辟地的成功者，那你将越走越荒凉，一扭头，发现身边一个人也没有。因为这是个地雷区，阵亡率太高，能活着走出去的人太少。如果你想做个勤勉天真的傻子，那你越走越会发现，不知道什么时候身边聚拢了一票人，因为这是个高寒地带，大伙都需要认领同类，抱团取暖。

3/

　　纸质书，独立书店，正在失去存在的意义，这个危机四伏的行业，身陷十面埋伏，就像《死神来了》里的剧情，只要被盯上，就躲过了初一躲不过十五。危险和危机无处不在，却又不知何时到来，索性以一种严重心脏病患者的心态活着——随时可能猝死，但眼下还不是活得好好的。

　　那些关于纸质书和独立书店消亡的悲情主义和各种煽情，说的乃是时代命运＋市场结局。不必怕死，但也绝不苟活。

　　豆瓣上流行着"标题党＋励志故事"，把搂着情怀不放的书店店主，描写成"美好有温度，坚强有理想……的……的……的"励志神，做书店，本是一份工作，却弄成了一场自我沉醉的表演。

每个人的人生,都无须被意义所灌溉,可以心怀理想,也可以安享庸常,可以此时迷恋书店,彼时厌倦。

书店和出版的未来,是做起来,熬出头的,绝不是哭出来的。会哭的孩子有奶吃,这种撒泼卖萌求包养的方式,如果被任何一个经济体——包括独立书店,当成了屡试不爽的求生方式,那么这不仅是哭和哄的双方脑子进了水,也是这个社会的秩序进了水。

书店的存活,不要沦为卸了妆的戏子。要么搂着情怀放馊,要么让它活得有尊严。

书店的死因有无数种,其中一种是:固步自封。书店的活法有无数种,其中一种是:不务正业。

做"杂字"这七年,在漩涡和沟坎里爬了几年,才得以从"黑暗中摸悬崖"到了"在阳光下走路",心里不慌,脚下有路,最大的收获就是,双脚插在土地上,学会在土里刨食。人迄今还在,是因为还爱着。店迄今还活着,是因为小,而且不贪。

去爱,去做,在各种不确定中等待时间揭开它的红盖头。

希望有志于书店的我们,能够合力揭开的红盖头是这样的:在这个行业里,有意义可实现,也有模式能挣钱。让一些年轻人确认,此处值得投入和投奔,值得拿出时间和勇气来兑现,而不是一提起这个,就是苦哈哈地熬着灯油,端着情怀去要饭。

4/

"对一个心愿的担当"。

记得跟好摄女聊过这个话题,这些年,我们共同认识的圈内人,散的散,疯的疯,走的走,仅剩的几个还在做着书店的,都有一个共同的特征,就是具备适度抗压的弹跳力和柔韧性。对一个心愿的担当,不仅仅是对得起那些陌生读者的温暖,还包括让书店靠自己活下去,有尊严,有志趣。

壮烈牺牲谁都会,迎头撞上去就行了嘛。书店如何在这个乱世里得以自然生长?与需要被社会温柔相待相比,更需要的,是不被时代打扰。让它活着,力所能及地做点儿小事,有意义也罢,没意义也罢,去做就是了。

开书店,不再是为了证明什么价值,实现什么理想,达到什么目标,而仅仅只是一种自我拉扯——做事能把人从生活的烂坑里拉扯出来,养一养,歇一歇,照样是什么类型的命运杀虫剂也灭不尽的小强。

命运所在的地方,从来都是十面埋伏。

与其去诅咒黑暗,不如先让自己发光。

"互联网+"和"全民创业",正在把中国变成一个巨大的海天盛筵,欲望在沙滩上横冲直撞,时代变化比妹子翻脸还要快,社会越来越宏大,个体却越来越不安,严重闹饥荒的领域,是安全感——过小日子的安心,做小事情的从容。

电影《埃伦娜》里说:"我们该如何修补这个世界,让它变得更好一点儿?"

答案是:"只有爱,只有时间。"

书店,是仰仗爱和时间的行业之一。

愿每个对书店专注而长情的人,都心有所栖。

女贼

2017年于大理

自 序
慢半怕，
慢的都是最好的安排

有朋友问我，为什么叫好摄女？

十年前，我看过罗红的《好摄之徒》，他去非洲拍摄野生动物，回来后做成的小短片。也许"好摄"的灵感，起初来自这个片名吧。

好摄女，诞生于微博时代。那时候我喜欢拍照、泡书店。2013年深秋，我交完第一本书的书稿，内心有些遗憾：有些书店，不只去过一次，跟书店店主的故事，还有话想说。

这些年，行摄上百家书店，总有人问，你最喜欢哪家书店？在我内心深处，没有最美书店，每家书店都有专属于自己的故事和味道。

我选出十家书店，对店主做深入采访，直到写作成书，时间跨度是三年。我把这十家书店的店主叫"书店大咖"，并不是他们在网上有百万个粉丝，甚至也不"出名"。我心目中的书店大咖，他或她经营书店至少五年，有的已坚持二十年了。重要的是，面对电商冲击和消费升级，他们还在做书店。

在本书"与书店大咖谈谈天"这章中，你可以遇见乐于分享阅读的旁观书社和读易洞。吴敏在兼顾旁观书社生存的同时，勤耕于自己的深阅读；邱小石跟他的阅读邻居们一起做读书会已经很多年了。

这一章，你能看到个性鲜明的蜜蜂书店老张和布衣书局胡同，更能体恤他们的自由也是要付出代价的。

你也能看到在城市里开出多家分店的晓风书屋和言几又。朱钰芳如何让晓风书屋保持在一个城市的不变，但捷如何将言几又做到在每个城市都不一样。

"与书店大咖谈谈天"里，你还能看到先锋书店和万邦书城在城市以外的山区，如何开出一家书店或书房。老钱和老魏身上都有着60后中年男人中少见的那种朴实与静默。

最后，你会看到让情怀落地、有所表达也有所担当的杂字和我们书店。女贼在做独立出版的路上，摸索出让杂字活下去的书店、民宿和文创产品；马兔子成天在书店里喝茶、聊星座，也是一种自愈和他愈的表达。

这些年拍书店、写书店，关于书店大咖们的个人观点，都不代表权威或公认的结论，这本书也不涉及谁的标准更高或更好。独立书店的精神，没有标准答案,但我们可以表达和展示他们的生活方式,这也是书店的美和意义。

在"好摄"路上,我收集资料、采访、修片、写作,也是在好摄中学习"好问"。刚开机的时候,采访蜜蜂书店老张,他对着镜头说了大概一个多小时,那里面有他的故事和立场,也有对我的帮助。比如他说,下次采访,哪怕再熟悉,你也拿个本子记下,好吗?

后来,我在大量的素材里找内容,渐渐明白了,当时记下,对我的修片、写作是一种提醒和帮助。与书店大咖谈谈天的过程里,受益最大的是我,"好问"不只是提问、发问,而是一种终身学习。

村上春树说"小确幸",就是微小而确实的幸福,是稍纵即逝的美好。而我所理解的"书店小确幸",刚好遇上,之后慢慢热爱起来。

我的"书店小确幸",有在书店偶遇"有人读书",有店主手冲的一杯用心的咖啡,还有书店里的那些猫猫狗狗、花花草草、瓶瓶罐罐等。

当然,在书店遇见另一个自己,也是一种珍贵的小确幸。这些年,去了不同城市夜间不打烊的书店。有跟书店店员一起泡;也有早早就离开,比如台北诚品;还有一个人慕名而去,熬过十二点,对着电脑办公,让我遇见了另一个自己。

在这本书的结尾,有"致敬那些消失的书店",也都是我拍过的书店。

老徐的龙之媒广告书店,是在2013年年底关门的。那一年,我还参与了"龙之媒一日店长"的活动;也是那一年,一位书友送了我一本《我爱做书店》。

2014年夏天,我去过世界上海拔最高的书店,是在西藏的纳木错,它叫天堂时光旅行书店。在我写书期间,店主龙潘说这个店已经关门了,但拉萨的天堂时光,一直在!

消失的书店,不消失的是记忆,还有当下。

这本书取名为《慢半拍,我的书店光阴》。

慢半拍,首先是慢慢拍。你可以在这本书中看到七年、二十三个城市、百余家书店。这些书店,我用脚泡过,用手拍过,每张照片慢的都是最好的安排!

慢半拍,其次是慢慢写。如果说我的第一本书是书店风景的随笔集,那么这本书就是书店人物的深度表达。有书店店主、店员、读者的故事,也隐含我的写作成长。文字上的删删减减,打磨了一年,每篇文章慢的都是最好的安排!

吴晓波的随笔集《把生命浪费在美好的事物上》,有段话深深地触动过我:"每一件与众不同的绝世好东西,其实都是以无比寂寞的勤奋为前提的,要么是血,要么是汗,要么是大把大把的曼妙青春好时光。"

在慢慢拍、慢慢写的光阴里,慢慢沉淀下来的人,有书店创始人,还有店员和读者。这一切,慢的都是最好的安排!

2007年,我开始写博客;

2010年,我开始写微博;

2014年春季,我的第一本书《独立书店之番外——好摄女泡书店》出版了,同年开微信公众号;

2015年年底,我在微信公众号和微博上,推出书店纪录片《有一种生命叫书店》;

2016年,微信公众号更名为"好摄女频道"。

从好摄女到好摄女频道,我时常提醒自己,现在拍的、写的都不是最好的,但别忘了,七年前拿着单反去书店,那份无知者无畏的勇气。

蒋勋说:"一个人最坚持的部分,大概就是最受苦的部分,修行也不过就是如此。"

七年来,书店渐渐进入我的生命,也是一种修行。唯有真诚潜行,才能走得更远!

彩艺
2017年于北京

目 录
CONTENTS

第一章　与书店大咖谈谈天

002 旁观书社吴敏：
越纯粹，越专注，大家才更愿意来书店里看书

012 读易洞邱小石：
大家来交流，不是讲座的形式，每个人都要发言

026 布衣书局胡同：
我心情不好的时候，上面不写什么，都是事儿一句话

037 蜜蜂书店张业宏：
书店做不下去的根本问题是每一个书店自身的问题

053 晓风书屋朱钰芳：
做公益不是做企业，而是做人

066 言几又但捷：
以书为基础，来做文化的商业体，在未来会是一个比较好的商业模式

080 先锋书店钱小华：
做书店是一种生命的情怀，跟个人的情趣和素养是很有关系的

088 万邦书店魏红建：

用养孩子的方法养书店，这可能是我不想卖它的原因

101 我们书店马兔子：

谈星座，最终要找到自己的根本问题

106 杂字女贼：

独立书店去死有一千个理由，但活着也有一千种可能

第二章　书店里的小确幸

116 西西弗最美的风景，是读者

124 在夜间不打烊的书店里，遇见另一个自己

132 书店的味道，缘自猫的天空之城

141 天堂时光里那串"青青佛眼"

第三章　拍过且逐渐消失的书店

152 老徐和他的龙之媒

158 世界上海拔最高的书店，我来过

166 致敬那些消失的书店

176 后记　致谢

CHAPTER 1

第一章

与书店大咖谈谈天

旁观书社吴敏：
越纯粹，越专注，大家才更愿意来书店里看书

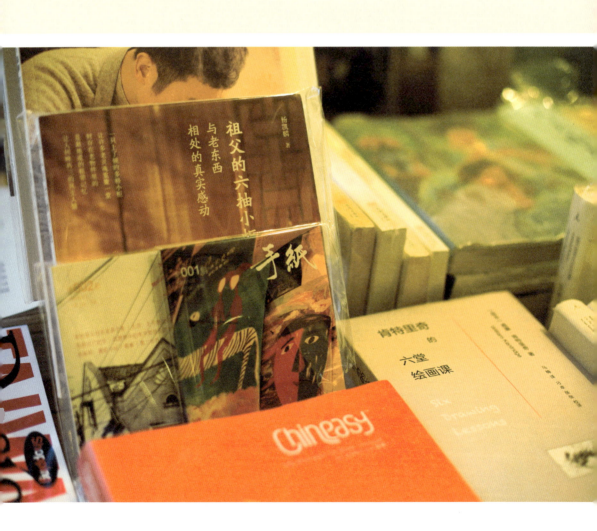

若要问我在北京拍的第一家独立书店是哪家?

我想起798的旁观书社。奥运会那年,拿着卡片机到处游玩儿,当时从旁观书社带回王小波的一本书。

后来,我的记忆中798是热闹的,而旁观书社一直是安静的。

那种安静跟白色的书架有关,店主吴敏跟我说:"这个房子是狭长形的,如果要是用其他颜色的话,可能会在空间上产生更压抑的感觉,包括我们的书架,还有墙,基本上都采用同一颜色,这样一来,它可能会在视觉上产生延伸。同时,因为陈列的图书颜色是很杂的,白色可能会使得杂乱显得整齐,如果用木色就太压抑了。其实我喜欢木色,但是放在这个窄长的空间里,白色可能更适合。"

旁观书社的地板,因为磨的时间久了,人在上面踩,漆会慢慢磨掉,但是这种磨损,我反而很喜欢,它带来一种时间感,有一种复古的味道。

这些年,我的朋友圈里为数不多的深阅读店主,吴敏是其中的一个。

她说她不会在每本书读后都写读书心得,但如果有时间,她还是会写,因为"写"本身,是对自己思路的整理。她还说,"写"是一种重新再创造,用自己的语言去组织一段话,表达一个观点,或抒发一种情绪。

她的阅读分享,从不写碎片文字,而是经过思考、整理,再分享。尽管文字多,朋友圈只显示一行,但我还是会点开,慢慢读。有时候有共鸣,第一时间在下面评论。当然,也有我没阅读过的书,不打扰,也不点赞。

> 2015年秋天，旁观书社。
我从旁观书社里面抓拍到店主吴敏，她正在安静读书。

后来聊天中，我特别感性地说，真希望你将分享放在微博或公众号里，让更多喜欢阅读的朋友们知道。她淡淡地一笑，说："我觉得自己写的还没那么好。"

她说，读书跟吃饭睡觉一样，是生活中的一部分而已，没有特别对待，就像困了要睡觉，饿了要吃饭一样，都是出于自身需求。

她还说，不可能单凭别人介绍或者腰封推荐，就向别人介绍这一本书。她向人介绍书的习惯是，从个人的阅读体验出发，以自己的话来分享自己获得的领悟。

当我问她读一本书大概需要多长时间时，她的答案是没有刻意算过，快一点儿两天能读一本，慢一点儿的话，一个月读一本，但是她会同时读不同的书，家里有书，车上有书，包里有书，并行阅读。

我很少给她的朋友圈点赞，若没读过她的文字，更不会冒昧打扰她。那些深阅读的心得，她告诉我："别人喜欢，我很高兴；不喜欢，我也很高兴。对我来说，分享最重要。"

曾经问她，你思考这个世界会不会都是偏哲学的问题？

她认为，任何行业都可以上升到哲学，有科学哲学，艺术哲学，包括摄影哲学，设计哲学等。哲学是我们去理解世界、看世界的一种方法。

每年冬天，我都会"泡"旁观书社。尤其是下午，晒晒太阳，还可独处。

有时候一个人看书发呆，有时候吴敏有空，我们就聊聊天，是那种话不多，但能走近心的谈天。有人说，进了寺庙就自然心静了。我觉得，

> 2015年冬天,旁观书社。冬天那个我爱独处的角落。

泡进旁观书社，也有一种为数不多的清静。

冬日可以小隐的角落，其他季节，旁观书社选择与人合作卖冰激凌。

吴敏说："夏天要打开的话，那个玻璃房子其实蛮热的，我们还要买一个很大功率的空调，现在这样，虽然小，但我们每年都是，那面墙拆了又立，立了又拆。有人说，你真麻烦，隔一下就行，我说不行，因为那边会吵，书店要求是绝对的安静，我们还加隔音棉，做了两层板加隔音棉。对我来说，也许因为这个隔断，书店面积变小了，但它的品质不应该变。所以每年都会很费劲地要拆啊立啊，我觉得这样挺好的，就像一个书店的节奏一样，有春夏节奏，也有秋冬节奏。"

印象中，冬天我读了并带回家的书，有《书店本事》，还有杂志书《食帖》《Lens视觉》等。旁观书社里可以小隐的角落，我习惯对着笔记本码字，一直到太阳落山。偶尔，吴敏端来热腾腾的红枣茶。我终于理解，她在接受我的采访时不经意说的那句话：冬天，我们还是要留给自己。

已经不记得是哪年在旁观书社，第一次听小娟&山谷里的居民的歌了。这些年，走进旁观书社，听到小娟&山谷里的居民的任何一首歌，心都会静静的。

在旁观邂逅音乐，是一种日常。《红布绿花朵》《细说往事》是常播放的，偶尔我也能听到《君不见》《南海姑娘》。总的来说，我只要听见小娟的歌，就会不自觉地想起旁观书社。

2014年秋天，吴敏送了我一张小娟签名版CD，叫《君不见》，一直

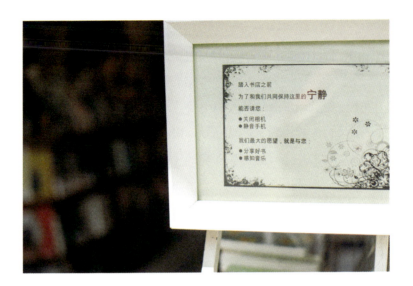

< 很多年来，旁观书社有个默认的规矩，不让拍照。上图这张照片是2015年夏天，当时做书店纪录片，采访吴敏的那个清晨，我拍下的。

放在我的书架上。

旁观书社，有个默默的规矩：进店不拍照。

理由也简单，吴敏说想给书店创造一个安静和专注的环境。她告诉我："特别美好的东西，我发现影像根本不足以摄取，真正的美其实是留在当时记忆中的。我处在一个美好情境里时，往往愿意放下所有去切身感受它，因为那一刻的幸福是无法在事后通过照片回放的。"

正是因为这份安静，我特别喜欢冬日的下午泡进旁观书社。有一次，吴敏拿来山楂罐头，我们边吃边聊，她说山楂罐头有小时候的味道。偶尔，进店的人拿着手机到处拍，她会轻轻地跟对方说：这里不让拍照。

冬日的阳光照在她脸上，我在一旁静静地发呆。

旁观书社地处798艺术区，当然少不了艺术书。

早些年蜜蜂文库出版的艺术书，至少有一半都能在旁观书社找到。吴敏说："旁观书社就是一个书店，书肯定是主角，一直以来变化不大。越纯粹，越专注，别人对你就越认可。我们体量小，就要做专而精的事，读者才可能更加信任这个书店。"

2015年我做书店纪录片的采访时，问吴敏，旁观书社有《汉声》，为什么选择它？

吴敏说："我喜欢他们做事的风格，做一本书，用两年甚至更长时间去投入。团队亲自参与调研，请教学者，严谨的治学态度和精进的制作理念，都是值得我们去学习的。举个例子来讲，有一次他们的图书在印刷环节出了点儿小问题，黄永松老师就将那批书全部报废，重新印刷。报废的图书如果扔掉又太浪费，他就决定将那些单面印刷、对折装订的书页反过来装订，变成可以再利用的书写本。真是从内心里佩服他们！"

后来吴敏还跟我说："之所以推荐《汉声》，是因为我总这样想，所有经我推荐的书，其实代表了我，他人也经由这些书而去了解我。"

纪录片《有一种生命叫书店》，我采访了多位书店创始人，共同问题是采访结尾的一个习惯。现在想来，答案并不重要，但能看出每位书店创始人的特点。

好摄女：如果你现在不是书店老板，你觉得你会做什么？
吴敏：没想过，因为我从来不去假想一件发生不了的事情。

好摄女：如果你是一名记者，你最想采访哪位书店老板？
吴敏：我啊？好像没有，因为我对别人的好奇心，不如我对世界的好奇心。每个人都有他存在的方式，如果他们出现在我的生活里，我可能会慢慢去了解，但不会有特别强烈的愿望。我喜欢欣赏他们本来的样子，怎么都很好。对这个世界的理解，我知道的太有限，所以我愿意专注于这方面。至于个人的探究，说实话，我完全没想过。

作为写作者，我更愿意"旁观"吴敏。这些年，她的同事变动不大，一直跟着她。我跟他们在书店的交流不多,但他们的眼神,像是家人一样温暖。周末,热闹的798里我是找不到吴敏的,因为她把周末的时光,留给了女儿。

有一天,我在自己的手帐本上看到一段文字:"不需要在朋友圈去证明自己的存在感,每一天都是自己的,不要被某种欲望推着走。"

现在回忆起来,应该是某天我在旁观书社,记下来的,她脱口而出的话。

读易洞邱小石：
大家来交流，
不是讲座的形式，
每个人都要发言

知道读易洞，是在微博上，而且还是华茂店。后来，有机会参加新书《业余书店》发布会，好多记忆都留在那一年，2011 年。

以前跟身边人说起读易洞，我总会说，房子是洞主自己的，人家不盈利也很快活。后来被蜜蜂书店的老张听见，他立即反问我："你怎么能说人家不盈利？"

带着这个疑问，2014 年我终于在做书店纪录片时，可以问问洞主了。跟读易洞洞主邱小石做过两次专访，这期间，间隔一年。

第一次采访他的时候，是晚上，洞里很安静。在不熟悉阅读邻居的情况下，我问了很多基本问题。也就是在那晚回家的路上，他的话一直在我脑子里回荡，刺激我想参与阅读邻居。

后来，我在一年的时间里参加了四次阅读邻居。有在洞里，也有在洞外（布衣书局、798 的咖啡厅）。我的感受是，每次参加读书会，大家分享的信息量很大。"想法流"，会让我有种"存在感"。

我把两次采访关于阅读邻居的内容，整理，分享如下。

【2014 年秋天】

好摄女：阅读邻居，比如说我也想参与，有门槛吗？

邱小石：阅读邻居，核心的就是要读书。每个月一次，提前一个月公

> 阅读邻居创办人邱小石,也是我文中的洞主。

布书目，参加的人的门槛就是要读这本书。读完了之后，现场每个人都要发言的，不是旁听。

好摄女：我的意思就是说，你怎么考量我真正读了这本书？
邱小石：你现场会发言。

好摄女：怎么发言？
邱小石：轮流来。

好摄女：那万一来了一个没有读的人呢？
邱小石：没有读，反正你可能一次不读，不可能两次，那大家都会对你有意见，因为大家都是来分享的，又不是说你光来听。

好摄女：你这里的人群，分年龄段吗？
邱小石：不分，门槛就是读这本书，只要你觉得对这本书有兴趣，读了，你就可以报名，来参加，没有什么别的门槛。

好摄女：有没有从第一期，一直跟到现在的？
邱小石：有那么一两个。

好摄女：你当初做阅读邻居，是慢慢摸索到的，还是说起初就有一个方向？

邱小石：应该说一开始就特别的明确。发起人杨早、绿茶，我们都住在这个小区。

我们讨论的就是用这样的一种形式来读书，公布书目，确定主题，然后大家来交流，不是讲座的形式，每个人都要发言，从第一期就这样了。这个机制我觉得非常好，随着阅读邻居慢慢越做越多，陆续搭建网站、公微、微刊等，以及在网络上互动，形成一系列的流程，就标准化了。

好摄女：阅读邻居每一期大概多长时间？

邱小石：两点到五点半，一般三个半小时，基本上都会拖，拖到六点钟左右。后期工作量也很大，文字整理，陆续发布，然后有一些好的话题，媒体也会转载。

好摄女：读者是用哪种方式报名参与？

邱小石：报名都是通过微博私信，因为我们这个空间有限，而且这种发言方式人不能太多，因此每次我们都是十二到十五个人。

好摄女：比如某一期大家都感兴趣呢？

邱小石：只能是，谁先报谁就有机会。如果有二十几个人，每个人发一通言，就没有时间互动交流了。

好摄女：活动预告通常会提前多长时间发布？

邱小石：差不多一个月，因为你读书还要花时间。我们几个，一天一天把这个事情持续做下去就行。只要你每一天都做，每一天都弄它，它自然而然就会生出一些结果来。就跟做书店一样，最初也根本没想到，一做做了八年的时间，中间发生那么多戏剧性的故事，给我们带来那么多意料之外的礼物。

日复一日，每期都耕耘，积累，坚持做。做一次觉得没什么，做两次，慢慢地很多东西就有一点点感觉了，就是这样。

好摄女：这个感觉是什么？

邱小石：感觉呢，就觉得我们这个群体，有一个相对类似的特质，确实是精神驱动的一些人。

精神享受驱动的人，怎么理解呢，大家可能都有一定的事业，但未必是主流的财富积累，大家找到一种适合自己的生活享受的乐子。

阅读、分享、交流，这些东西成本很低。如果喜欢读书，它其实是一个特别便宜的精神生活方式。这个群体的人，特别一点儿的就是对这个东西有要求，对精神生活有要求。

好摄女：我的理解是，大家是同类。

邱小石：就是同类，从中获得很多乐子。

好摄女：而且这个是不是边筛选，边培养的过程？

邱小石：也有，有的人也是跟随我们的读书活动，慢慢找到一些读书的方法，读书的计划，慢慢觉得读书带来很大的乐趣。

两年二十八期，对一个人来讲，就是每期都有一本书要精读。你至少从第一期跟到现在，精读二十八本书，读完之后，还来跟十几个人交流同一本书，以不同的视角和不同的视野，在这个过程中，肯定会与阅读之前、没参加过之前，有很大的改变。

有一两个人是从第一期就开始，一直到二十八期都还在参加的。有可能一开始什么都说不出来，但是二十八次之后，读书有了自己的方法，也能够找到自己独特的视角，形成自己的见解。

好摄女：你说的这一两个人，大概的年龄段如何？

邱小石：年龄比我相对年轻点儿，可能也就是1980年前后的，还有刚刚大学毕业的，也来参加过好多回，当然也根据他们自己的时间。

好摄女：我猜想大部分读者是你们小区的。

邱小石：不是，全北京都有，很远的地方也有，甚至有广州、上海的。

好摄女：挺丰富的。

邱小石：有组织的读书，对读书还是一种保障。

对一本书，读书会相当于是一个读厚的过程。读完之后，每个人还发言，相互激发，虽然是一本书，最后大家交流完，这本书变成十本书的那种感受。

这种模式，需要有带头人，要有稳定持续的空间，还有组织保障，它才能够有所延续，的确需要有像杨早、绿茶这种专业领域的人的带动。

【2015年秋天】

好摄女：这期阅读邻居，大家一起读《大先生》，你最大的收获是什么？

邱小石：阅读邻居今天第三十八期了，有些时候方式方法需要调剂一下。一个是书的种类不同，另一个是分享的方式不一样，反正都是体验吧，多样化一点儿。

读一本书呢？因为每个人的背景、知识和进入书的角度肯定都不同，大家聚在一起读这本书的时候，谈的这个话题肯定是多样化的。你可以从别人的视角，了解你没有看到的东西，这就是一个读书读厚的过程。

读书不分享的话，你形成这种观念和阅读的乐趣，它是比较稳定的。跟别人交流你未必会改变自己，但是呢，你确实能听到很多别人不同的看法。或者说有更多人一块儿去交流，你看到多样性，或者社会的完整性。

2015年秋天，我有幸采访了阅读邻居的另外两位创办人：杨早和绿茶。早老师也是每期阅读邻居的主持人，他能抛出问题，让大家交流，

< 阅读邻居创办人杨早

< 阅读邻居创办人绿茶

也能控制住"场",比如参与者在发表自己的读书心得时,其他人不许打断或插话。茶老师不一定每期都参与,总是在中、后半场才出现。

2016年12月,读易洞的阅读邻居,已经做了五十期。洞婆给我发了一条微信,投票选最喜欢的五期阅读邻居。这时,我才发现自己已参加过六期了。在阅读邻居,还有一个意外的收获就是,认识了爱读书的土城和半价。后来,我们仨一起开了个微信公众号,叫"有人读书"。

总说书店慢慢进入我的生命,其实阅读邻居也是那么顺其自然地走了进来。

洞主说他不送自己写的书,因为他不确定别人喜不喜欢这本书。

我说,我遇到过这种情况,别人说你不是出书了吗,你给我送一本,我给你送一本吧,那我是送?还是不送?

他说:"都不送。有些时候是抹不开面子,大家都说到那个份上了,也不想让别人难受。但是基本上我会担心,别人不一定对这个话题感兴趣,也不关心你写了什么东西。阅读是一个心甘情愿的事情,所以说不会送,除非是这本书里面涉及相关的人员,跟他有密切关系,确实对我有很多帮助的人,那是很自然的,跟这个书没有关联的,即使是很好的朋友,我都选择不送。"

不送书的洞主,这些年却出版了好几本书。第一本书叫《业余书店》,是他和洞婆合著的,也就是开书店五年(2006—2011)的日记合集。这本书不是他们一两个月写出来的,很多内容曾发表在微博、博客上。洞

主还说，为开书店单独建立了一个博客，就叫读易洞。我有很深的印象，当年他博客里的背景音乐很好听。

洞主有个习惯，每年读易洞过生日的时候，总会做出点儿东西留念，比如出版书。《天晓得》《做个小人真快活》，我都购买了签名本，来自读易洞的微店。

2016年9月11日，读易洞十岁了。洞主说要出版一本新书，搞了个众筹，用户们都在文章里赞赏了，以享受新书的折扣。我也一样，赞赏了十块钱。

写读易洞，写着写着，发现自己是不是偏题了？越来越跟书店没关系了？我问过洞主"开书店有没有压力"这种有点儿开不了口的问题。

他很坦然地说："一方面我在外面有工作。另外这个书店做了八年（截至2014年），有一定的影响力，也有些机构委托我们做图书顾问，这是书店一个重要的利润来源。我做了好多比较大的机构会所图书馆服务，也不单单是配书，还包括空间主题等咨询建议。《业余书店》里面有描述，包括香港马会会所，SOHO崇光百货生态馆，最开始就是帮他们做书，应该是例外进入这个领域初步尝试，比方所还早两年。还有帮助一些地产开发项目做社区图书馆，比如说融科千章墅的会所书房。还有去年我们做了一个非常大的项目，沈阳的一个社区图书馆，差不多四万册图书，在当地也是引起很大的反响，包括省图书馆，都主动跟他们去做资源的嫁接。"

< 阅读邻居上，洞婆在拍大家，而我拍到了洞婆。

我还追问过他，做这些赚钱吗？

他说，当然赚钱了，收取咨询费。我们书上不赚钱，比如出版社给我们多少折扣，就直接给客户，我们都不过手，但是我们收服务费。

大家都说洞婆是"守店人"。准确地说，这些年，她一个人在打理读易洞，没有招聘过任何人。

洞婆是天蝎女，典型的慢热人。在洞里她倒茶水的时候，我会主动说声"谢谢"，印象中，我们面对面交流的机会不多。

每一次阅读邻居的合影，她不加入，给大家拍照。后来在我拍摄的图片素材里，总会发现她的身影。2015年秋天，我在记录阅读邻居的时候，很偶然地拍到了她给大家拍合影的背影。

相比而言，洞主就是读易洞对外表达的那个人。

做纪录片《有一种生命叫书店》时，我策划了两个共同问题问书店创始人。洞主的回答很有个性。重要的是，他说了为什么。

好摄女：如果你现在的角色是我，比如给你这样一个机会去采访书店的老板，你最想采访谁？

邱小石：我真没这种兴趣。我对这种东西不好奇，我觉得都是个人的生活。我自己开这个书店之前，我对书店一点儿都不了解的，我也没有去学习。比如现在经常有人想开书店，过来想跟我取取经。我们开这个

书店没有这个过程,想当然地直接就开了,完全按照自己的想法,所以说我觉得没有想采访谁的愿望,了解别人是如何做的。

好摄女:如果你现在不是书店老板,你觉得你会在做什么?
邱小石:不做书店,做什么?不知道。

好摄女:因为你有别的主业。
邱小石:那个主业是另一回事,为什么开这种书店,我觉得还是希望生活能够更丰富,不要一种非常单一的生活状态。如果不开书店,有可能也做点儿别的有趣的事情。

这些年,我拍到读易洞的照片并不多,可能我跟洞婆一样是慢热的人。参加阅读邻居时,我不好意思去拍。可是洞主就很习惯拍大家,大家也习惯他的抓拍。洞主不仅爱拍人像,在微信公众号上的更新也很及时。这是我一直佩服却做不到的事情。

布衣书局胡同：

> 我心情不好的时候，
> 上面不写什么，
> 都是事儿一句话

十多年来，布衣书局从二环内的胡同里搬到三环边上，目前只在网上卖书。老实说，我至今都没在布衣书局买过书，可能跟我的兴趣有关。

布衣书局主要收古旧书，在自己的官网售卖。胡同最开始喜欢旧书，是因为旧书便宜，他说他刚来北京的时候，旧书的价格是新书的几分之一。他还说淘旧书是那时候的兴趣，根本没想到会有后来的创业。

我的理解是，骨子里有书卷气的人走上创业之路，初衷跟兴趣有很大的关系。这不是在夸大它，而是一种事实吧。

布衣书局，多年来在书店圈的影响力也跟胡同本人有着很大关系。我对胡同的认识，是从微博互动开始的，进一步的了解，还是看他的贩书日记。

好摄女：我知道你一直在网上写"贩书日记"，坚持很多年了，你的初衷是什么？

胡同：贩书日记，这是软广告。哪儿都有人看，我们在好几个地方发，原来发博客，后来我实在没时间了。有可能是晚上写的，也有可能是早上起来写的，但是晚上写的居多。你看写得特别短的，发得特别晚的都是晚上写的。走之前写的，我会在群里说，我去写日记了。

过去我写东西要心情，心情不好就不想写。现在别人说我，你不应该这样做，你应该坚持。所以现在我心情不好也写，但是能看出来。我心情好，会写得多。我心情不好的时候，上面都不写什么，都是事儿一句话。

人家就说，您……我说你什么意思呀，什么您、您的。他说人家对您有兴趣，请问您有时间吗？有毛病吗？怎么这样说话呢？这是什么腔调？

在过去有心情我就把它写进去，现在我没心情，没时间，就不写了。比如说今天下午我心情很不好，我今天就不写。我今天心情很差，我揍了两只猫，下午三分钟打了两只猫。上来就训了小飞，他干第一件事就被我训。今天心情很不好，中午也没吃饭。但是我不会写得很细。

这东西我写得会很糙的。我过去写得最厉害的时候，就是直接开着帖子，在帖子里写。写完就关了，我都没留底，我现在也没有底。如果互联网哪天没有了，我就不写了。我这里头颠三倒四、吃喝拉撒，连鞋带掉了我都写。这东西你在网上看看挺有趣，印成白纸黑字很伤人的。别人一看都什么呀，信息量有时候也很小，叽叽歪歪地说别的事儿，发牢骚什么都有，真的太个人了。

胡同说他的贩书日记，太个人化了。我反倒很喜欢，因为真实。他是双鱼男，要让他脱敏的过程，其实也是很煎熬。

我曾经拍过布衣书局的猫咪小布，胡同在他的"贩书日记"里写下过这段话："小布，在它成长的路上，熬走了小衣和大麦，两只都没有见到成年的影就死掉了。小衣死的时候，小布还傻乎乎地抱着一起睡觉，根本不知道它的伙伴已经不在了。我们老说，小布真傻。小布小时候就会欢快地吃，然后愣愣地被小衣欺负，然后眼巴巴地看着小衣吃东西的

> 小布，一只书卷气的小猫咪。我的明信片"书店的味道"里，有它。

时候把脚踩在食盆里拦着。小布一天天大起来，但是本性没改，在与两只小猫开始共处之后，它总是在旁边看着小的先吃，然后它再吃，是我后来拉它们各就各位。小布不挑食，什么都吃，而且吃的香，吃完了舔爪子，舔自己。做了手术之后，就是睡，到处占领，其实身手很好，可以三步跳到两米高的书架顶上。被我镇压过几次之后，心里变得特别明白，一旦做了错事，看到我就跑，躲起来。但是往往飞快就又出现了，忘记了刚刚的怕。傻猫有傻福，我们总是这样说它。"

在2016年冬天，小布也走了。

写了这么多，我好像都没怎么提到书。早些年跟胡同做专访，我问了很多基本问题，真正让我自己记得住、留在心里的还是他的"贩书日记"和猫咪们。也许我们就是这样子的吧，靠自己的感知来认识世界。

2014年秋天，胡同搬过一次家。那天他很忙，等他搬完东西，我还跟他去了一趟库房。之后，我们才真正坐下来做视频采访。当天采访的时间有点儿久，他总是说接地气的大白话，部分内容整理后，分享如下。

好摄女：之前在独立书店高峰论坛上，你有分享布衣书局的旧照片，可以看出布衣书局这十几年搬家好多回，能分享一两个故事吗？

胡同：我讲一个被动搬家的例子吧。2006年的9月，幸福大街旁边有条街叫东壁街，就现在"新京报"的后面。那条街上，东壁图书府，听着也很好，那院里头有一个崇文区粮食局的房，老粮食局，有一个会议室，会议室大概面积有170平方米，当然对我们来说扩大了一倍。我也很喜欢，在里头坐着，那个地方一共租了三个月，院子都很好。这三个月里，我合伙人不干了，当然他有他的理由和原因。我其实一直在我们这个合伙当中扮演了一个采购、宣传和形象代言人的角色。我始终处在第一线，是干这个的。至于公司的什么财务、工商、税务，我一点儿也不知道，我也不会，也不管，我从来也不管钱，我都是跟他先借钱。比如说我需要五千块钱去买书，他说有，他就批给我五千块，我就去买书了，他发我工资，我一直是不操心钱和具体的盈亏，其实是他告诉我，他说挣钱了就挣钱了，具体的我也不了解。

他这时候突然要走，当然了，我还要给他一笔钱，因为这个是合伙的公司，我要给他一笔钱，把他那部分股份买回来。书分完了，把好书分了，普通书他都不要，他都送给我了。好书就是比如我们分成十个堆，每个堆我认为市场价值是近似的，然后抓阄，他提出来他要某一箱，给他了，我们很顺利地和平分手了。当时我大舅哥借了钱给我，把他那个股份买下来了。

可这个时候有一个朋友给我一个建议，说你要么离顾客近，要么离货源地近，说你在这儿不前不后的，算怎么回事呢。当时我不好意思跟别人讲我跟合伙人分手了，因为是朋友，觉得不好意思。正好那个地方涉及拆迁，贴出公告来了，我就以这个为理由，一看要拆迁了，待不住了，换个地方，就换到潘家园去了。找了一个四楼的房子，没有电梯，也很

> 布衣书局第十一次搬家（2014年9月）。在库房，发现胡同收藏了好多"破烂儿"。我常说胡同是书圈儿里的崔永元，他一说话，大家都乐了，最深刻的话题也能敞亮说。

实用，可是你要把 170 平方米的东西，放到 80 平方米里头，是不可能的。我们把书架搬进去了，放了大部分书，一般的桌子什么的搬进去了，可是剩下的那些体积过大的东西，就不行了。它是一个普通的民房，门都窄，比如说有一个文化部原来扔的桌子，一米二宽，个也巨大，巨沉，我们抬进那种门是没有问题的，可是抬上楼，进门都进不去，所以只好扔了。像这样的东西其实是很多的，那个时候也实在没地方放，我就把很多画册什么的，放到了一个朋友那儿去，过了很多年以后才想起来这事，在地下室放着，因为他要清理地下室了，就看见这玩意儿还在这儿，才拉回来。

那时候扔的东西多了，这个是比较典型的被动搬家。我从二环里，搬到了三环内，这次转移呢，最让我想不到的是，到 2014 年，那个院子依然纹丝未动，那条街只拆了一个院子。

好摄女：你是想让你的空间越来越大是吧？

胡同：对，当时要是租城里的房子，就贵了。同等条件下，比如说我当时租垡头的话，是三万八千块钱一年，大概有 290 平方米，一楼是个独立的楼层。我们去看的时候都乐死了，我跟那个小姑娘一块儿去，我们偷偷地看，不敢看房东，我们俩乐，终于看见一个巨便宜的地儿，原来我们看的在五环边上老君堂的房子，大仓库什么的，那儿都比这儿差得远，这儿就是没有暖气，别的都好，院里就那么三家人，很简单，还有菜地什么的，那时候就觉得是天堂。

在我采访的书店创始人中，胡同是说得最多的。《有一种生命叫书店》的共同问题，也许答案跟问题没什么关系，我还是愿意静静地听。

好摄女：如果你现在不是书店老板，你觉得你会做什么？

胡同：我来北京的时候，我是想当艺术家的。因为只有我们这个专业，是不需要考试的，所以我就进来了。美术史，美术批评，但是从来了以后，我就再也没画过画，一张画也没画。

我发现，原来不当艺术家也能活着，我之前觉得不画画不就死了吗？人生还有什么意义，有什么意思？没有意思了。结果我从1997年到现在，一张画也没画，我也很忙，也没闲着。他们老说，如果你还在那一行里头，肯定没有在这个行里头这么有名。假如从这个来说，不是有钱没钱，可能总是跟书有关系。

你要现在问我，我觉得还是会做跟书有关系的事，比如说去做出版，我差点儿变成了北大社的编辑，这都是有过机缘的。比如说做网站，我差一点儿去中央台纪录片部，人家都留我了，我又逃了。网站编辑我也做过。

但是我个人更想的是，还是一种比较松弛的状态，比如说我到北京这么多年，只坐过三个月的班，三个月以后，人家跟我谈，说你不太适合坐班。因为我在办公室里老策反，我觉得很快就把工作干完了，很没有意思，坐那儿浪费时间，我不想这样，到几点去吃饭，回来以后，我特别讨厌那种生活，所以很快就变成写稿子了。

好摄女：如果你是一名记者，你最想采访哪位书店老板？

胡同：邱小石。我从来都觉得阮丛是守店人，不知道为什么，其实我想那个店，很多是阮丛的想法，因为八年来她一直就在那儿待着。

但是我还是想说邱小石，就是邱小石的这个店——读易洞，刚开始我根本看不上。说实话，因为他卖书，对我们这些喜欢书的人来讲，是不灵的。就是那些书在我们看来，在藏书的人看来，都是很普通的，很一般的。你有我有全都有的书，那有什么意思呢？我只能提供你没有你没见过的，我告诉你未知的世界。从这块来说，我对他们书店没有兴趣，所以认识很长时间了，见过面，一块儿聊过天，我都没去过。

人的认识，总在变化。

据我观察，早些年布衣书局在微博上的内容转发和互动，在书店微博里的排名是靠前的。

胡同在接受我的专访时，却说："微博，一个朋友劝我上的，我过去根本看不上，我认为一百四十个字说明不了问题，后来没想到，我现在一半以上的客户，是通过微博而来的。现在微博是我的主要宣传渠道，而且比较简单，很直接，我们做了一个加网的分享，直接把那个分享过去。刚开始吧，我的微博其实是蛮好看的，每一本书，我都根据自己对它的理解，说了三四句话。当时一个朋友就说，这不是另外一种书画吗？就是每一本其实都写了一百四十个字，反复斟酌过。"

近两年我们的分享与阅读，转移到了微信。胡同也不例外，他的贩书日记也在公众号里分享。而他个人微信里的好友，已经到了上限（五十个）。

互联网的工具，无论怎么变，胡同还在卖书，布衣书局也还在。

蜜蜂书店张业宏：
书店做不下去的根本问题是每一个书店自身的问题

提到蜜蜂书店，自然会想起宋庄，想起《碧山》《独立书店，你好》系列书，还有中国独立书店高峰论坛。

蜜蜂书店的创始人张业宏，圈内人爱称"老张"。蜜蜂书店长什么样，也就是他的样子。你可以说他固执，也可以夸他执着；你可以说他疯癫，也可以叫他"蜂王"。

后来我反复问自己，为什么叫他老张呢？其实他的年龄也不老。可能我觉得在书店圈里，相识好多年了。他的蜜蜂书店、蜜蜂出版，他的乐天展，他的朋友圈书店，一路走来，我看到的还是他的执着，一直在做事情。

老张属牛，有关书店情怀的一切，我想不用多问了。曾经，我很直接地问他：文艺青年开书店，你觉得能成吗？

老张说："开书店不是年轻人和老年人的区别、开不开店的区别。开书店你知道要有多少种能力吗？年轻人开店并不是说我有书、我有钱、有情怀，我就能开。如果这个事情做不好，本身一定是有能力不到位。你事情没做好，导致你被淘汰、垮掉，都有可能。书店做不下去的一个根本问题，就是每一个书店自身存在的问题，导致你做不下去。"

我不忍心再追问，你的书店呢？当然，他一直在面对转型，没死，还做着。

2015年世界读书日那天，我又去了蜜蜂书店。

喜欢四层朝阳、可以小隐的地方，我独自坐地上，读蒋勋的《吴哥

> 老张属牛，金牛男。这些年在书店圈里，就他的白头发越来越多。

之美》。书里有段话，颇有同感："如果不是肤浅的观光，不只是在吴哥，走到世界任何一片曾经繁华过的废墟，我们都似乎是再一次重新经历了自己好几世几劫的一切吧？自己的爱，自己的恨，自己的眷恋，自己的不舍，自己的狂喜与沮丧，自己对繁华永恒永不停止的狂热，以及繁华过后那么致死的寂寞与荒凉。"

那个阳光充足的下午，蜜蜂书店是热闹的。新的蜜蜂书店，融入了好多新鲜元素。

带有果香的手工咖啡，制作的过程吸引了我。其实，拍摄过程中，我问了好几个菜鸟问题，从咖啡制作到咖啡品鉴，最后回归到咖啡文化。我领悟最深的是，每一位咖啡师独立完成一杯作品，就像艺术家创作一样，要有自己的风格和味道，这最重要！

那晚，蜜蜂书店放映《查令十字街》，我因一直惦记那生日蛋糕（老张是金牛男），错过了电影里好多细节，断断续续，微醒微睡地看完。后来，我好想跟老张说，蜜蜂搞个通宵看电影，也不错。

这些年，我眼睁睁地看着，老张的白头发多了好多。

老张的长板是做出版，没做蜜蜂文库之前，一直在体制内做财经类的图书。关于出版的那些话，整理如下。

好摄女：我今天早上收到亚马逊的邮件，给我发了一条全是蜜蜂出版的书店的书。电商为什么会推荐全是一个出版社出的书？

张业宏：它就是根据你购书的习惯、经历、你的喜好，再结合你的购买记录，了解你的阅读喜好。给你推荐发送信息，这也是网站特别大的一种营销手段，你喜欢书店类的书，它正好也有这一类系列的书，那它推荐的书单里，就都是书店类的图书。所以这主要是你的记录，你在网上购书都会有记录的，记录你的邮箱，这也是网络书店特别大的一个优势。像我们自己，出版大量书店类的书，加在一起，有十五六本了吧，不断在出，每一年都会有一批跟书店有关的书出版。

好摄女：我想知道你为什么要出书店类的图书？

张业宏：你看出《书店之美》第一季的时候，那时候还没有开这个书店，就是比较喜欢书店。如果出版人单独指望网络书店作为一个销售平台，然后不考虑实体书店展示的话，那是不成的，所以出版人必须要关注书店，就相当于书店是你的一部分。在民国期间，书店印刷出版，这都是成一体的，一家出版机构都包含这三个业务范围。

好摄女：你当初为什么出版艺术类的书？

张业宏：艺术文艺类的书，主要是自己喜欢。以前可能更加关注社科、财经类的书，后来发现有些东西解决不了根本问题。财经书你出得再多，都是一些赚钱的技术、工具，它解决不了思想出路的问题。所以要解决思想问题，还得做文艺类的书，自己一边做，一边找出路。

实际上，也是在通过出版为自己找一个出路。以前我们说，可能工作就是工作，生活是生活。比如说你的喜好是喜好，如果工作和自己的喜好不沾边，那么这工作做起来可能没什么意思，做一做就会觉得厌烦。你像我比较喜欢书，之前做财经书，但是自己不喜欢财经书，就做不长久。

凡是做不长久的事，就很麻烦。做了半天，最后发现，做这些东西都无用。你的工作和你的喜好，包括你的生活，你的日常行为，能否高度统一，这是比较大的一件事。对我来说，我必须把这几个做统一了，如果统一不了，我就会分裂。如果这里面大把赚钱，或者让人去做赚钱的书，我自己过隐居的生活，那就会不统一。不统一，很麻烦。

所以出版这个事，实际上就是人的价值观的一种呈现。你日常喜欢什么，你的理想状态、生命价值，你怎么看待世界，通过书就会呈现出来。如果你自己不喜欢的，你又把它做出来，那就是出版人的一种分裂。我想，读者不会有太多的感动。但凡一个作品出版也好，图书也好，它们有进入编辑的灵魂也好，若没有进入编辑的思考、思想，让编辑考虑为什么做这本书，那这本书可能也不会太有生命力。所以从这个角度来说，选择做文艺书，和我的价值观是统一的。通过这种方式，就不会太矛盾，所以我就选择做文艺类的书了。交了多年学费之后，发现了这个道理。

好摄女：那你怎么来权衡谋生与谋心？

张业宏：都是一样的，就是你看我刚才不也说了嘛，凡事你做几年之后，就积累出来了，包括财富积累也是一样的，也就是谋生，其实生命生活这些东西，人到底有多少才够。认为生活是什么样，你想要选择哪种生活，这都不一样。比如说你天天想住五星级酒店，天天吃鲍鱼龙虾之类的，或者说天天吃那种菜——可能是几千块钱的私房菜，这种太奢侈的生活，也是一种生活。你每天吃米饭豆腐，也是一种生活。豆腐加米饭，也没几块钱，也是一种生活。比较奢靡的生活也好，或者简单的生活也好，都是一种选择。

大多数人都认为出文艺书赔钱，这是常规思维，或者文艺类书不能做，小众图书不能做，太小了。凡事你都没有走过一遍，别人告诉你，这个事情不能做，或者是这个书卖不动，然后你就不敢去做了，大多数人都是这种思维。

但是我要去观察分析，之前做那些书的是什么人，你现在做的你自己又什么样，你到底喜不喜欢。如果你不喜欢，做了这个事，你做了一次，然后发现没成功，你就不做了，是一种对成功理解上的偏差，所有这些东西都要回到原来的那种事物的本质上去思考，什么是成功。

做一本书，成功的标准也不同。有的成功标准是这本书卖了几万册；有的成功标准是做好一本书，让它有最好的着装，以最好的形式呈现；有的书影响了一个人，改变一个人的命运，这也是一种成功。所以成功标准如何，主要取决于你自己的财务状况，你能够坚持多久。比如说像小众书，每本书你不一定盈利太多，把成本算好了之后，一本书盈利三五千，也是盈利，你要盈利三五万也是盈利，这都是不同的选择。

我现在四十了，四十岁之前，该玩的都玩过了，该经历的也经历过了，所有那些畅销书的做法，已经做腻了，不愿意再去做了。我再做书，想得更多的一个问题是：怎么把这些书出好，让这些书呈现它本来的精神面貌。

现在的书越来越大众化，越来越简单化、商品化，大批量的书，那种文化感都没有。你再看一下图书馆，那里面堆的那些书，新进的那些书，大多数都变成垃圾，所以那种有精气神、特别好的有文化积累的书，没有了，这也是出版人需要反思的事。

我们做了这么多年出版，以前我说这个时代是需要出版人集体去反思、去忏悔的时代。现在做了，包括我们之前做的那些东西，以后要留给历史，留给孩子。过去都会比较，所以这也是好，这种状态正好也预示着，下一轮中国出版的大繁荣，更好的东西即将来临。所以都经历了，大家都觉得这些东西不能做了，以后就不会有人做了。

文艺除了我自己喜欢之外，人们日常生活也需要，它也符合人的功能需要。赚钱赚多了，开始看文艺片了，也开始收藏，搞一些艺术创作，出去旅游，开始了解当地的文化民俗，这都是人的正常需要，所以这个是人的需要的另外一种发展阶段。自己喜欢，社会共同需要，对自己有利，对别人也有利的东西，那就多做一点儿，自然而然会好。

但凡是文艺书，都是在某种程度上能够影响改变别人的工具。这种工具改变的更多的是思想，是内在的东西，它不像财经书，那就是提供一种赚钱的工具。人文艺术类的，恰恰是可以丰富每个人的内在，人从开始关注外在，不断地往里获取。这种东西，不断地消费，一点点开始关注我们自身的内在，然后开始思考和社会的关系，所以这也是一种出路。我觉得它可能会比较慢，不是你今天种了地，明天就能长庄稼，你得种几年。

你说蜜蜂出版书店类的书，也出版五年了，做艺术类的书也做了五年。从无到有，从比较表面化，一点点深入专业化，现在比较系统地开始出书，这都是一种变化。凡事都是坚持，坚持多少年之后，就会出来一种结果，这种结果都会是好的，只要你态度认真，方法得当，就能做得比较好。

好摄女：在我印象中，蜜蜂文库出的《碧山》系列，口碑很好。我观察2015年出的系列，都不是跟你们合作的？

张业宏：自己生的孩子，到时候不姓自己的姓，姓别人的姓，跟别人去做了，自己当然难受了。比如《碧山》就是这种状态，从它之前叫《汉品》，到后来叫《碧山》，我们投入了多少精力。但是这些事情要从碧山大局角度出发，这事情是对中国乡间有利的。我这个蜜蜂要把持住的话，别人基本做不了。别人做不了，那它的影响力就很难出来。我已经做到头了，我做不了了，那我就交接给别人去做，反而会更好。我已经画完第一笔了，至于第二笔别人怎么画，那就是别人的事儿了。

其实以后这个书店的空间也会不一样，现在谁来接手这个蜜蜂书店我也欢迎。只要他能坚持这个方向，不背离这个初衷。

有人说："你身边是否有这么几个人？不是路人，不是亲人，也不是恋人、情人、爱人。是友人，却不仅仅是友人，更像是家人——这一世自己为自己选择的家人。"

2014 年 11 月，在老张的苦心书法展上，我试着用镜头记录属于他的"家人"。当然，我看到的仅仅只是一个角度，而已。

木开，跟老张同年同月生。那天我们席地而坐，他说，老张的书法不归什么体，就两字儿：自信。在第二天的研讨会前，他赶来，只为给老张送普洱，担心他太累了，扛不住。据我观察，木开是那种在众人眼里吐露真言的人，可能说出来的话不好听，但我总记得住。他在研讨会前就默默离开了。

说到研讨会，不得不说起冯爷。他是第一个发言的，然而他的话是最接地气的——大家能帮他，都帮帮他。过去某段时间，老张发"疯"时，冯爷在微信里也"拉黑"过他。我好像能理解那种拉黑，是内心真疼他。后来老爷子淡淡地说完，也是最早离开的。

我的精力是有限的，我不断告诉自己，不许拍流程。那天我只拍到了旁观书社女掌柜的背影。她来得稍晚，路上堵车了。老张提前给她写了祝福，他们之间互称"老哥老妹"。我想这个"老"是亲近，是我们其他人无法理解的同类。

这些年，老张和吴敏姐给我最深的印象是，在书圈内，他们有所表达也有所担当。

无论书店、出版，还是书法，老张骨子里还是一个文人。只是创办

> 2014年11月,老张的《苦心》书法展。当天拍展,我去得很早,他还送给我一本签名版的《苦心》。

> 2015年1月,老张在今日美术馆举办的《山在那》书法展。那次我去拍他,感觉他瘦了好多。

> 2014年11月,老张的苦心书法展上,他的忘年交冯爷也在场。

人要一步步接近商人角色时，他真实地展现在我们面前了。

有的人很支持他，也有人很讨厌他，这也说明大家一直都在关注他。老张在回答我的共同问题时，居然意外地说了独立书店的定义。分享如下。

好摄女：如果你现在不是书店老板，你觉得你会做什么？

张业宏：不是书店老板，会做出版人，或者是书法家，写字吧，画画，这些。

好摄女：如果你是一名记者，你最想采访哪位书店老板？

张业宏：岩波书店，日本的。现在大老板叫什么，我不知道，但是我知道它的创办人岩波茂雄。

好摄女：为什么？

张业宏：在日本，他们书店、出版社做得最好。而且岩波文库，就是书店出版结合的那种，做学术出版，做得非常纯粹。

我可能会去采访法国的，或其他的，中国的也会采访，可能不一定是现在特别活跃的吧。我会采访一些小书店的老板，特别小的，比如苏菲、彼德猫啊。宁波城市之光那个书店小老板，也很牛，现在开了饭店，饭店里还有书。还有西北那个马老师，书店在青海。营口也有一家小书店，父子俩一起开书店，蛮有意思的。

好摄女：最后想问问你，独立书店在中国有特定的定义吗？

张业宏：我那年解释过一次，独立书店，实际上就是没有，没有独立的。独立书店是一种独特的几方面的集合吧：独特的内容选择，独特的价值取向，独特的阅读氛围，独特的精神气质，这些东西都是独立书店应该具备的。

独立书店，不仅仅是民营书店，中国目前特指是民营书店。但实际上这概念应该大，只要它有这个情怀，有这种使命感，有负责任的选择，在这基础上，不管它是民营书店，还是国营书店，还是网络书店，还是什么其他的书店，都没什么关系。形式、体制都不重要，只要能够负责任地给读者提供好的内容，让读者通过阅读真正获得成长，而且朝着好的方向发展，从某种意义上来说，它就是独立书店。

回到初衷，老张说他给书店取名为蜜蜂，主要是因为蜜蜂采蜜比较勤快，采的蜂蜜对人类也有益。出版本身就是蜜蜂这种属性，采的百花香、酿出蜜这种状态，也是自己内心的表达。

蜜蜂有团队精神，还有勤劳这种属性，天天忙，分工比较明确，给人提供好的东西，对人又无奢求。

我也一直认可他的观点：书店若不把根本的中心放到书本身上，这个书店就离死不远了，或者已经离这个书店很远了。当书不是它的所有产品，这个书店可能就不是书店了。任何一个空间，都是人心理的投射。人的心是什么样的，它投射一个空间就是什么样的。所以你要看书店，逛书店逛什么呢？逛书店通过这些架子，通过这些摆设来看书店店主和工作人员的心。

每年的世界读书日，老张都会搞事情。2015年世界读书日，他开了"朋友圈书店"，就是在他个人微信上卖书。有时候一天刷屏一百多条信息，后来我跟其他书店朋友谈到他，总说我不看他的朋友圈，但我不会拉黑他。

这种矛盾，有点儿清醒，也有心疼。愿他的朋友圈书店，一直在，就好。

晓风书屋朱钰芳：

做公益不是做企业，而是做人

若问我，中国哪座城市每年都会去，也有机缘去，必定是杭州。那么为什么去呢？因为杭州的晓风书屋。

体育场路的晓风书屋是总店，我叫它"可以把书带到咖啡区阅读的书店"；浙江大学里的晓风书屋，是"大学生常去自习的书店"；在西湖边漫步，也可遇见的晓风书屋（新新饭店的角落上）。最近一年，晓风书屋还走进了医院。

晓风书屋的女掌柜叫朱钰芳，在书店里，大家爱称"大姐"；在小朋友们那里，爱叫"晓风妈妈"；在书店圈里，更多的还是称呼她为"朱老师"。

朱老师1993年入行，1996年自己开了书店。她说，那时候杭州的民营书店呈现的是百家争鸣的状态。书店非常多，有很多甚至在全国范围内都具有影响力，包括各种信息化书店。

在民营书店这个圈子里，她觉得自己玩得很开心，一方面是不太计较利益得失，另一方面，当时年轻，在经营书店上并没有清晰的目标和方向。慢慢地，她发现，很多同行开始觉得这一行很难做，或者没有利润就撤了，不做了。

等到2010年前后，她发现像北京第三极书局、厦门光合作用书房等同行都经营不下去的时候，再回头看看，其实杭州的民营书店也所剩无几了。

既然在杭州找不到答案，她就走出去学习。她说："走到上海，发

> 2015年6月专访朱钰芳老师,抓拍到她系丝巾的样子。这条丝巾上面的荷花,是她女儿晓风画的。

现上海的书店经营得不行；到南京，发现先锋书店也很苦；到北京、广州……也找不到经营得特别好的书店模式。直到看见贵州的西西弗书店，我发现他们做得不错，在书店里加入了咖啡馆，实现了自身的业态转变，让运作变得良性。同时，我感觉到西西弗融入了很多境外书店的元素，于是，我又想办法到台湾、香港的书店去学习，甚至到日本以及欧美国家去。走走看看，我的收获很大，也慢慢地有了信心。"

当我问她为什么常带两个女儿旅行？

她觉得带着女儿一起旅行，一方面是给自己减少一些牵挂；另一方面，希望她们多到外面的世界去看看，让她们的眼界更开阔一点儿。可以通过书和书店这个窗口去了解社会，认识到世界上有很多美好的东西，既可以长见识，也带有一点儿记录性质——跟着她满世界跑、到处逛书店的这种经历，在女儿们以后的成长过程中不一定会一直有。

在国外旅行，朱老师还会去拜访一些地标型的书店。更多的是希望两个女儿看到生活在这座城市里的人的状态，读书也好，文化也好。

她还爱逛各个地方的菜市场。每次都会带着女儿去当地的菜市场，还在菜市场边上的小店里吃饭。比如全家去美国自驾游的时候，去了很多博物馆，一日三餐，要不在住所里吃，要不就在博物馆里解决。

这么一想，带着女儿旅行，工作和生活都不耽误，真好。我还问过朱老师，为什么给大女儿取名也叫晓风？

她说："我1996年开晓风书屋，千禧年生了大女儿。当时我爱人为孩子准备了好多个名字。对我来说，女儿的出生，跟开书店一样，也是

原来我没懂

朱晓风

在这座城市的黄金位置,西西弗书店铺开了一片天地。

妈妈曾带我去过成都、重庆的西西弗旗舰店,如今它一路向东。开幕那天,书店掌门金叔叔邀请妈妈同聚。

昏黄的灯光懒洋洋地洒在招牌上,花香混合着咖啡香,铮亮的古铜色书柜上,一本一本的书码放得整整齐齐,人们在柔软的沙发中看书聊天,脸上写着满足。那一刻,我突然觉得这应该就是我们这代人喜欢的书店。

前年寒假,和妈妈一同去巴黎。妈妈说,去巴黎,一定得去看看莎士比亚书店。那一日的余晖中,我们穿梭在大街小巷中,一间铺一间铺地寻找着,几番周折,才发现了它藏在塞纳河畔的社区花园中。

"Passing stranger! You do not know how longingly I look upon you."(过路的陌生人,你不知道我是如何热切地望着你。)这诗句召唤着读者,坐进塞纳河畔的微风里。

轻推门,清脆的铜铃声仿佛开启了 20 世纪 50 年代——昏黄的灯光下,跳蹿着的火炉边,亚麻色的沙发上,文学沙龙正进行,主题似乎是一本有关猫的杂文集。火光映在十几个读者的脸上,也映在被磨损的书架和破了皮的旧沙发上。

去年夏天,我随妈妈一起游美国,与城市之光的相遇,就好像是与一种本地的生活方式相遇——黄昏的街道,城市更喧哗,满大街的酒吧、餐厅、咖啡馆中城市之光像颗明珠,不闪耀但熠熠生辉,吱呀的木门把人推进一个远离喧杂的境地,任何一个爱书人都能找到庇护的港湾。于是,在一个阴天的下午,放下心情,喝一杯咖啡,读一本好书,这世界的纷扰仿佛也变得遥远了。

书店,是城市的一个梦,是一种生活方式,它提供阅读、聆听与交流,在精神层面实现不同世界的交汇。在这座城市,凭着双手与满腔热血,妈妈也搭起了一座又一座的乌托邦书店。十几年来,她精心照料着书店的成长,并为此增了白发。我曾问妈妈,那么难,值得吗?妈妈也只是笑了笑。

我常建议妈妈换种方式,让书店能随着时代的变化而有所变化,她却说,书店变革不仅仅是外观的改变,最重要能让读者感受到又一个家的存在,作为城市的文化客厅,书店的"富有"更在于有多少动人的故事。

我想,大约之前我从未对书店的本质有过理解,现在,我终于懂了,书店动人之处,在于它独特"味道"。我终于懂了的,还有妈妈的执着——她常常对我说,想一直和老爸当着晓风掌柜,就这样慢慢地,慢慢地,开一家百年老店。

同样是一个傍晚,我望着西湖那头的灯红酒绿,回头看看杨柳岸边的晓风书屋,心里漾起一份自豪。

> 晓风发表在报纸上的一篇短文,满满都是爱,写她妈妈对书店的深情。

一种新奇的经历。其实书店就是我的孩子，我已经离不开书店了。后来，我就跟爱人说，就叫这孩子'晓风'吧，我爱人也同意了。其实'晓风'这个名字蛮中性的，男孩女孩都适用。很多年以后，我大女儿在作文里写，妈妈的第一个孩子是书店，第二个才是她。"

如果说聊书店、聊女儿，是朱老师主动愿意聊的话题，那么在公益上，是我主动问的。

好摄女：我在你的微信上看到你在做公益活动，比如给孩子们送书。

朱钰芳：对。其实这类活动我们一直在做，起初没想做宣传，但这几年觉得做些宣传效果更好。我们跟贫困地区的许多学校常年保持联系，就想尽自己的绵薄之力，做一点儿事。书店本来就有书，为有需要的学校和孩子送一些书，还是力所能及的。

好摄女：给孩子们送的书，也是你自己选出来的吗？

朱钰芳：有一部分是我们自己选的。一般来说，捐的书都以当年的新书为主，想尽自己的能力送点儿好书。比如，跟晓风来往较多的有浙江地区的两所学校，生源主要是进城务工人员的孩子，这些学校的图书资源不像城市中心的小学那么丰富，要么没有图书馆，要么书很少。我们最早是给学校做了一个书架，放了几百册书过去。那个书架刚好在楼梯附近，一到午休时间，楼梯间里就坐满了孩子。后来，校长很兴奋地打电话告诉我，今年他们学校的学生语文考试作文分数提高得很快。再后来，我们也发动了一些企业，给这些学校建好一点儿的图书馆。

好摄女：对，我看到你在微信上也发过相关的帖子，好像是跟银行合作？

朱钰芳：对，跟银行、电信，还有其他许多机构都合作过。去年，电信投入了几万元去做这个。今年是新闻出版局，补助了两万元，其中一万元用来给学校图书馆添置书籍，还有一万元用来购买广播器材——学校的广播坏了很久，通知一件事情，要老师到各个教室里去喊一遍才行，非常不方便。就这样，每年做一点儿自己力所能及的事情，真的能帮到别人的忙，我蛮开心的。

好摄女：做公益这个事情，是要累积到某一个点上，才有能力去做吗？还是说趁我们年轻，也是可以去做的？

朱钰芳：我觉得要顺势去做。任何时候，只要你觉得这个事情有意义，并且力所能及，就要马上动手去做。哪怕只是帮助到一个人，其实本质上跟帮助了一群人是一样的。就好像我们书店门口有一个保洁员，是个老婆婆，每天在这里打扫卫生，很辛苦。她早上九点多过来，我肯定给她拿两个面包当早饭。这个也不算是做公益，就是凭自己的能力做一点儿你觉得有意思的事情就可以了。我觉得做公益不是做企业，而是做人。

好摄女：去给孩子们送书，是不是有一个团队的人一起在做？

朱钰芳：有团队。最早给学校建书架，是我们书店一家在做。但后来我觉得自己可以做个牵头人，号召一批人共同来关注这个事情。比如说我请媒体的朋友一起参与，他们可以对这个事情做报道；传播面广了，就会有更多人来关注，接着，就有企业参与进来了；再后来，爱心妈妈也一起参与进来了。做这样的整合，这个公益团队才会越来越热闹。

当然，从我自身的角度，我也想要去做这些事，因为这对我两个女儿——晓风、晓澍的成长有帮助。像我们与青海一所学校对接的一个公益活动，我在青海有个女儿，叫梅朵措（音），是个藏族孩子，比晓风小六岁。自从有了这个妹妹，晓风对自己的所有衣服都很爱护。碰到特别好的衣服，比如棉衣，她还会多留几件，说"妈妈，这件给梅朵措""那件给梅朵措"，第二年去青海的时候亲自给妹妹带过去。晓风知道，她妹妹生活很辛苦，只要有余力，就要帮帮这个妹妹。

好摄女：当时是怎样跟青海的学校联系上的？

朱钰芳：青海那所学校的捐助者是我们的好朋友，他是援藏干部，也是援藏老师，对那个地方很有感情。他觉得当地缺少像幼儿园加幼小这种概念的学校，就筹建了一所学校。学校里大概收了一百多个孩子，因为不属于九年制义务教育的范畴，没有政府补贴，一共才三四个老师；而且因为藏族人游牧的习惯，很多孩子都要住校，老师们也必须住在学校里，但即使这样也常常顾不过来，学校维持得非常辛苦。后来，在朋友的带动下，我们一起去做了些力所能及的事，与学校里一百多个家庭

> 晓风书屋,有永远不过夜的面包。
这是我在早晨拍到的,前一夜做完采访,书店打烊前,女掌柜朱钰芳会把没卖完的面包装起来,送给同事们。

∧ 2014年9月,阮义忠老师和他的夫人,与晓风书屋女掌柜朱钰芳合影。

< 医院里的晓风书屋,也有爱。医院人多且安静,我没带相机,用手机抓拍。

困难的孩子结对,保证他们在学校里的费用,同时,老师的工资、学校的日常开销也有了。

我第一年去青海的学校送了一批中文教材过去。当时,把晓风也带去了,那时她才十一二岁。也是在那个时候,我认领了梅朵措,保证她的日常生活费,支持她至少读到高中毕业;她读书读到什么程度,我们就供养到什么时候,直到她能独立。第二年去,我帮学校建了图书馆,那是发动书店的读者和女儿幼儿园的老师一起捐的,募集了好几百本书,主要是适合幼儿看的绘本。第三年,除了捐书,我们还为学校添置了一些电子设备,比如投影仪,便于让孩子们观看无声的卡通片。其实我们捐的金额也不多,但每年坚持做一点儿事,为学校解决一些实际问题,细水长流,还是很有意义的。

2014年采访朱老师的当天,我也有幸记录了台湾摄影师阮义忠老师的讲座。当天体育场路的晓风书屋里人爆满,可是一点儿也不乱。

朱老师说晓风书屋每年要做大概六十场讲座。我问她,为什么文人们都喜欢晓风书屋?

她觉得文人本来就喜欢书店。像易中天老师在厦门的时候,就爱逛书店。他第一次到杭州来做活动的时候,还没有《百家讲坛》,我们通知了一些朋友,告诉他们易老师要来,很多人当时还不认识他。但易老师很能讲,二三十号人在那里剥剥花生,聊聊天,很开心。

那时候晓风书屋还有阁楼,阁楼上有两千多本旧书,易老师爬上去,躲在里头看旧书看了半个小时。他第二次到杭州来，是参加一场非常大的讲座，地点在浙江图书馆，那已经是他上过《百家讲坛》以后了。

有趣的是，易中天有一次来，晓风的人事先都不知道。第二天同事告诉朱老师，昨天易老师来过，晚上很晚了，他一个人来的。

我的理解是，还是因为晓风书屋的书卷气很浓吧。

做书店纪录片初期，共同问题采访的第一位创始人就是朱老师。老实说，那时候录影设备很简陋，加上我的采访经验不足，朱老师给了我很大的信心，她总是认真地回答我的每一个问题。

好摄女：如果你现在不是书店老板，你觉得你会做什么？

朱钰芳：我好像也比较憨，我这一辈子其实只干了这一件事，没有从事过其他行业。如果非要选一样，我想我如果不做书店，可能会去画画。我从小还蛮喜欢画画的，也喜欢美的东西。现在我给自己列的目标里也有一项——十年以后我可能要开始重新学着去画画。

好摄女：如果你是一名记者，你最想采访哪位书店老板？

朱钰芳：其实我已经直接走出去找答案了。我从钟芳玲的书里了解到很多书店，后来我走过很多地方，亲自看过很多书店，像"城市之光""莎士比亚"这些名书店也都去过了。真正进入一家书店的感觉，与道听途说还是很不同的，能让我学到很多东西。至于书店老板，我佩服的有很多位,说不好最想采访谁。

好摄女:可以说两个吗?

朱钰芳:时尚廊书店的许总(许志强),万圣书园的刘苏里老师,我都很佩服。包括前面提到的写《书店风景》的钟芳玲老师,我也很喜欢。我觉得他们很执着,只要执着,就不会受很多外界东西的影响。开书店真的应该是一件很纯粹的事情,很多时候我们为了生存的问题,会放很多不纯粹的东西进去;但我能看到,他们几位,还是在很纯粹地做书店,很感动,也很佩服。谢谢。

2016年3月,我有幸到杭州参加浙江发行协会的论坛。听说省医院里也有了晓风书屋,到了杭州的第一天下午,还有离开杭州的那天上午,我一个人泡在医院里的晓风书屋。

医院里的晓风书屋虽然空间不大,但很温馨。有书,还有可以坐下来阅读的座位。说来很奇怪,医院是人流量大、流动性快的场所,我坐在那里的一个多小时,有好几位读者进来,坐下来读书,很久很久。

后来,我要办公,到处找 Wi-Fi,加上平时有喝咖啡的习惯,还是去了星巴克。医院的一层有晓风书屋、星巴克、鲜花店,转个角,还有便利店。真的很方便,也让我觉得医院没那么恐怖了,总有小温馨。

总有人说,一家书店是一座城市的文化地标。在杭州,我觉得是晓风书屋,对吗?

言几又但捷：

以书为基础，来做文化的商业体，在未来会是一个比较好的商业模式

有人说，开书店不要开到成都去，若你格调低一点儿，都会有对比。我的理解是，这座城市的书店，不管大而全，还是小而美，都有自己的味道。

总有朋友问我，言几又和今日阅读是一家店吗？

2014年，我采访创办人但捷时，他说，未来今日阅读是言几又的子品牌，或者理解为言几又的创意书店。2015年，他再次接受我的采访，他说希望言几又的创意书店成为城市图书馆。

这些年，从今日阅读到言几又，我能记录它的成长，是缘分。创办人但捷，是一个长得很帅的老板，重要的是一直保留书卷气。他有个习惯，到哪儿都会买书，自家书店的书也买。

但捷给我的感觉，内敛、低调，他在自己的书店里，一个人的时候，更像读者。当他对着摄像机的时候，也能聊，从今日阅读到言几又，如何蜕变，说的都是接地气的话。

但捷说今日阅读最早是社区的街边书店，开在社区里，大概最小的空间是十几平方米，最大的有一百多平方米，然后开始慢慢转向于购物中心，加上咖啡，以及一些创意产品，但是它的核心还是以书店为主。

不管是从面积来讲，还是从营业额来讲，今日阅读品牌门店是以书店、咖啡、文创产品为核心的门店。而言几又，从严格意义上来讲，应该称之为文化空间。书店是言几又空间内的核心组成部分，是文化载体。

2014年对但捷的专访，整理如下。

× 忘了是哪年拍的，一定是在言几又之前，这张照片来自今日阅读环球中心店。

好摄女：这个模式是复制诚品吗？

但捷：也没有，参考了它的文化综合体的概念，但是我们在体验和互动融合上面，会有自己的特点。

现在来讲的话，书店，你只靠书这一种商业运营，是很难维持下去的。书的盈利空间和盈利能力比较低，但是以书为基础，来做文化的商业体，我觉得在未来会是一个比较好的商业模式吧。

好摄女：从过去的社区书店，到现在这种复合式经营，是在慢慢做的过程当中，一步一步找到方向的吗？

但捷：对，应该是在做的过程当中慢慢找到的。

好摄女：复合式经营，是什么时候开始的呢？

但捷：其实严格来讲，这个想法应该是很早了，至少在五六年了吧，但是没有说是一定要是叫言几又这个名字。

言几又这个名字可能想出来就两年，但是这种方式已经想了很久，看到了国外的书店，还有看到诚品，自己对这个文化商业产生了一些判断。我觉得，如果说书店还要继续发展和存在，它一定不是单独的书店发展。就只做书店，尤其在实体这一块，生存都会有问题。

好摄女：过去的今日阅读是社区书店，为什么数量会越来越少？

但捷：书的销售的盈利能力比较有限，而且我们的社区店大多数的房东都是私人房东，最近几年租金成本上涨又很厉害，很多涨一倍的房租，没法做了。因为书的盈利又很有限，销售也很有限，又受到网上的冲击，作为一个商业来讲，它的盈利不行，或者不能盈利，甚至要亏钱的话，它肯定是做不长久的，会慢慢萎缩掉的。

好摄女：在成都，过去的社区书店大概有多少？

但捷：三十家，最多的三十五家。

好摄女：现在呢？

但捷：现在我们剩下的不到五家，而且都会在今年（2014年）年底，或者明年，应该在五月份以前全部关闭。我们从两年前开始，全部转向购物中心，后来又加上咖啡馆、创意产品。

现在加上我们出的新的言几又品牌，会有另外一种形态的书店出现，就是复合化的文化商业模式。以书店为核心，延展一种更综合化的商业体，它不光有书店，还有跟文化相关的所有业态。

好摄女：这种复合空间，对你的公司，或是对你个人的性格而言，怎么能保持它的独立性？

但捷：我觉得，要考虑书店到底是不是一门生意，是不是一种商业。如果你是一门生意，你是一种商业，你就要遵循这个商业的规则，不是说做书店的就一定是与生俱来的，我就有这个精神层面上的，站在制高点上面，或者说不食人间烟火。

首先你想到的还是我要怎么样交房租的问题，我要怎么样去养员工的问题，我要怎么样去盈利的问题。在这个上面，独特性和商业要找到一个平衡点，完全地追求独特性，没办法盈利，没办法生存，我觉得是没有意义和价值的。

好摄女：今日阅读，我们现在所在的环球中心店，它跟其他的一些分店有什么不同？

但捷：首先我们在环境的打造上，做得比以前更好。有专业的设计师来帮我们做一些阅读环境的设计。我们改变了大家到这里来，一定是来买书的这种目的，我们变成了大家到这里来，是可以来看书的，可以来聊天的，可以来会客的，或者可以来参加文化活动的，更多的是体验性的东西。

不一定说来了，就像原来的书店，我们不提供座位，不提供饮品，不提供休闲的地方，所以你会看到我们在书区也会提供位子，让大家坐下来看书，在我们的咖啡馆，也欢迎大家把我们销售的书带进来看。

好摄女：我发现书架分类很有特色，比如有一个主标题叫美食厨艺，副标题就是"男人下厨，有益健康"等，为什么会有这样的分类？

但捷：因为我们看所有的书店，新华书店也好，传统书店也好，它

> （左上）2014年6月，北京中关村创业大街上，言几又开业了。后来言几又开了3000平方米以上的标准店后，这家店改名为"言几又今日阅读书店"。（下）2015年5月，成都言几又开业典礼。（右上）2016年7月，北京言几又（西红门店）开业典礼。

的分类好像都比较传统。要不就按作家，要不像国外的书店，或者诚品书店，基本上有一个大类，按作家，按英文字母，或者是拼音的首写字母来分，是很标准的分类法。但是我觉得现在的人选书，从互联网的思维来讲，会更趋向于一种感觉。

所以我们现在也在尝试，就是突破原来那种分类。我们的书不可能做全品种，像新华书店一样，我们做的基本上都是精选书。而精选书里，就没办法像标准图书分类法一样分这么细。一是我们想尝试一种新的分类法，二是跟我们自身的特点结合，我们基本上是分大类，又不是那么传统，比如说按人文社科、小说这样子来分。我们想有些好玩的东西出来，后来那个分类，基本上是我们原来那个采购总监想出来的，做出了一个比较有意思的。

好摄女：过去开社区书店的时候，你遇到过什么困难吗？

但捷：最大的困难就是物业成本的上涨、人力成本的上涨，还有就是购书量在节节萎缩。你会看到，每天早上你的单元门口，全是当当送货的、京东送货的，这是很明显的冲击。

好摄女：你做书店大概有多少年了？

但捷：十二年。

好摄女：记得有一次跟你聊天，你说你也会买书，我发现好多书店老板都有这个习惯。

但捷：我去哪儿都是买一堆书，但是看不完，说实话。

好摄女：什么时候看？

但捷：我基本每天都看书，但是买的书比我看的书要多得多，很多书都是堆在办公室或者家里面，反正有很多书在。

好摄女：你买这些书是想收藏它们吗，还是为别的？

但捷：不是，是想看，但是确实看不完，因为天然地看到好多书就会买，看到新的书就会买。从现在的时间上来讲，确实是买的书远远大于看的书，所以放着吧，等到以后有空了，慢慢看。

我现在买书其实挺杂的，我会在自己书店买，也跑去其他书店买，去任何一个城市，都会留出时间逛书店。

好摄女：你一般买哪些类别的书？

但捷：我比较杂，什么书都买，只要感兴趣的。买得最多的应该是文史类的书，因为我喜欢历史。

好摄女：我个人习惯，坐下来喝杯咖啡，喜欢哪本书就买了，但也有习惯，一个阶段，我会买很多，愿意在网上买了直接送到家。

但捷：这个无所谓的，我想很多实体店的老板说，他从来不去线上买，他一定要在自己的店里买,或者支持别的实体店。但是我今在线上买很多书,因为我有时候突然看到的一本书,或者我想到要买什么书,首先我们进货都可能没有,我找我们的采购去,可能要去找出版社,要很久才能拿到这个书。过一段时间,我可能就会忘了这本书了。很多时候,我也会在线上买,这个无所谓的。

好摄女:书还是我喜欢,我就要买,不局限于要线上还是线下,对吗?

但捷:对,所以我觉得实体店是在改变它的一种功能,不是变成我是销售书的书店,而是要变成,我是让大家来看书或者体验文化的书店,以后我们的书店会变成图书馆。图书馆是什么样子,我们的书店就会变成什么样子,你买不买真的无所谓,我相信十个人来看,总有一个人买,但是我如果不开放这个,可能连那一个人都不会来。

好摄女:书店开到哪儿,跟周边的环境有很大关系吗?

但捷:对,其实我们有一种想法,就是言几又两个店不一样,不用同样的设计理念和元素去做,我们希望做到每个店都有它的特色。从商业模式来讲,要想做到个性化和独立性,其实是有办法的,并不是说我们加了很多文化的元素,它就不个性了,或者没有独立性了。不会的,只要你坚持,你觉得我一定要把它做成一个很个性化的东西,它就能做得出来。比如说言几又,我们每个店不一样,一是它会结合当地所在的特点,二是结合这个城市的特点,比方说我们在成都的店,里面的餐厅是一个主题的体验餐厅，它就会结合老成都的一些元素，就会有成都的特点在里面，以后到成都来玩的人，就一定想去看看那个地方。

　　以后在北京的店、上海的店，都会结合当地的一些特点进去。结合当地的文化，但是又会变得很有设计感，很潮流，和现代的东西找到平衡。我们现在用的设计团队，都是台湾、香港顶级的设计团队，每个店都会不一样，所以我觉得未来，我保证你每家言几又的店都会想去，不管是在哪个城市。

　　好摄女：从拍照角度来讲，我希望每个店不一样，才有欲望按快门。

　　但捷：而且这样才能吸引言几又的粉丝，不管去哪个城市，他都想去光临这个店，刚才你说的这个其实很有代表性。如果每个店都一样，说实话，你真去了几个之后，就不会再想去了，因为它是在复制。

　　时间很快到了2015年，言几又的标准店出现，而我的书还没写完，只好把2015年的专访客观地展现给读者。整理如下。

　　好摄女：成都言几又的空间设计，是找了专业设计师吗？

　　但捷：我们这个是一位香港的设计师做的。整个书店是一位设计师做，差不多用了一年时间。北京和成都，这两家店是同一位设计师。但是上海和其他的店是其他的设计师。因为他也忙不过来，他做一个这样的项目需要花一年的时间。

好摄女：成都言几又的创意书店，主要卖的是畅销书？

但捷：创意书店的分类，其实我们有自己的方式。不一定按传统的分类方法，更多是按兴趣种类来分。畅销书也会有，更新得也很快。我们会更重视有品质的书，或者跟我们倡导的创新生活相关的图书。

好摄女：以生活类的图书为主吗？

但捷：我们的图书是以创意、设计、生活三个概念为主。

好摄女：我看到书架上的分类很特别，比如"港台版图书——不一样的文字，不一样的传承"，这是延续了今日阅读书店的特点吗？

但捷：对，我们书的分类是统一的方式。既然想把我们的书店变成一座城市图书馆，就是希望大家更多地去看书，而不是只想着把书一定要卖给消费者。你可以不购买，你来阅读就可以。

好摄女：言几又的创意书店，真正给读者带来什么？

但捷：读者来书店，不一定买书，更多的是阅读的体验，文化生活的体验。

好摄女：我看见书是可以带到咖啡区阅读的吗？

但捷：我们希望在书店里可以喝咖啡，在其他区域也可以喝咖啡。

我们的店很多地方都设了座位,很多人买了会带到其他区域。我们希望言几又变成一个社交场所,文化社交场所。我们会设立很多坐的地方供大家社交。不管看书也好,谈事情也好,会客也好,它的功能性都会更强。

好摄女:对于言几又来讲,咖啡重要,还是咖啡所带来的这种服务重要?

但捷:咖啡只是一个衍生产品,对于我们来讲产品都是第二的。我觉得更多的还是一个空间体验,文化社交,这个是最重要的。只不过社交,我不能站着去聊,我总得有个地方坐,总得喝点儿什么东西,它其实成了一个衍生品。真正的需求并不是咖啡本身,书可能是一个基础需求,但是我觉得我们提供的礼品服务、咖啡服务,它不是真正的需求。

好摄女:最后问问,言几又和今日阅读的关系。

但捷:一个公司下面的两个品牌。我们现在也在逐渐地整合这两个品牌,以后今日阅读的出现,前面也是言几又,它是言几又下面的子品牌。

言几又倡导的三个连接,人和文化的连接,人和生活的连接,人和人的连接。这个地方最终的价值,我觉得就在于这三个连接。我们的书,我们的文化活动,就是人和文化的连接;人和生活的连接,就是从我们所做出来的、衍生出来的东西,包括咖啡、美食、设计品牌、服装、或者电子产品,这些就是人和生活的连接;人和人的连接实际上就是,你在这里可以找到你志同道合的或者有共同喜好的人。其实，最终还是做到一个社交的平台。

2015年夏天，采访完但捷，他说的那三个连接，天天在我的脑子里转。

我并没有什么商业天赋，只是那个阶段找到了自己硕士论文的一个选题。很真诚地说，我的硕士论文是在做了大量书店采访之后，才得以诞生的。之前想的、写的，都不是最后的结果。

后来，我把言几又作为前沿，写了书店体验与城市文化的融合。"书店体验"这个词，也不知道是谁先说出来的。要是哪天你问我，我会说，是我跟言几又的创始人但捷做专访时，聊出来的。

在言几又的书店体验，不只是书，还有花艺课程、手工课程等。这些年，我是写作者，也是读者，更是书店体验者。我真的喜欢那种可以把书带到咖啡区阅读的感觉，一个安静的下午，我可以看完一本书。有些书虽然没精读，也可以知道市场上最近卖了些什么概念的书。

言几又的店面越来越多，但捷变得越来越忙。好在他还是那么低调，有时候在公众场合，我也习惯叫他但总了。

在我脑海里，深深地记得第一次跟他做完视频采访，他送我去机场的样子。其实那天采访前几个小时，他刚回成都。

好摄女：如果你是一名记者，你最想采访哪位书店老板？

但捷：最想采访，我觉得两个人吧，一个是万邦的魏红建，还有一个就是先锋的钱小华。两个人我都很熟，也经常在一起聊，但是可能视角不一样，问的问题和你不一样，我们讨论更多的是自身遇到的一些问题。刚才提到的魏总，他的万邦书店在西安是一个文化地标。他做书店比较坚持，而且还能做得很好，这个是很厉害的。

好摄女：如果你现在不是书店老板，你觉得你会做什么？

但捷：不做书店？不知道，这个问题没想过，我还真没想过不做书店，去做什么。

每次在外面做书店分享会，提到言几又，我就会不自觉地说很多，从今日阅读到言几又，从成都到北京、上海、天津等，从2006到2016。正如这篇文章，拉拉杂杂地说了很多。

成都这座城市，有多年结缘的恩师和友人，后来还有书店朋友、慢拍客户。

对成都，这辈子我有一种说不完的情缘！

先锋书店钱小华：

做书店是一种
生命的情怀，
跟个人的情趣和
素养是很有关系的

已经不记得去过多少次南京先锋书店了，也不记得去了多少家先锋书店了。我身边去过的朋友都说喜欢五台山店。我知道，大家是喜欢先锋的包容性，可以拍照，可以阅读，还那么大。

知道南京先锋书店创始人钱小华的故事并不难。多年前，广西师范大学出版社出版过《先锋书店：大地上的异乡者》，2016年中信出版社推出《先锋书店，生于1996》。这两本书的主编都是钱小华，书圈里人称"老钱"。

最近两年，我到先锋书店，也不急着去找老钱。一个人泡五台山店，一待就是一天。自己看书、做笔记，有时候也拿起相机，到处拍拍。

老钱跟我说，他不爱在书店沙龙里抛头露面。我唯一能抓拍到他的照片，是在先锋书店十八岁生日典礼上。老钱拿着一块小蛋糕，问了周边人之后，最后问我。我说我吃过了，那瞬间才得以抓拍到他。

有机缘去过老钱的办公室，也是一瞬间，抓拍到他坐在办公桌上的样子——当时他正在模仿贾樟柯坐他办公桌上的模样。那年，贾樟柯正在拍纪录片《我们的时代，十年敢想录》。上线后，第一集就是老钱的故事。

老钱说，做书店是一种生命的情怀，跟个人的情趣和素养是很有关系的。这些年，我唯一的遗憾就是没用视频记录老钱。可我想了想，我能采访到他身边的人，也是一种缘分。

> 老钱在模仿导演贾樟柯曾来他办公室的模样,
就是率性地坐上办公桌。

我跟自己说，在先锋书店，不是来做一次新闻报道，那就静下来，把焦点转向先锋书店的老员工。

保洁桃阿姨，她在先锋书店工作七年了（至 2014 年）。之前有个小细节，老钱带我们去吃饭，路上遇见桃阿姨，他主动跟桃阿姨介绍我们，桃阿姨也拿着手机拍我们。那时候大家匆匆走过，我心里一直记得她。

之后，我独自一人又遇见桃阿姨，我想听听她眼里的老钱。她说"他是老板，但从来不摆老板的架子"。我站在桃阿姨对面，她说了好多话，印象最深的是，老钱叫她"桃姊妹"。

我听着听着，自己有点儿哆嗦，不是矫情，那是我真真实实感受到了一个书店创始人的平和。

2016 年春节前夕，冬天最冷的时候，我一个人前往碧山书局。

在碧山书局附近的一家农庄住了两晚，阿姨们做的家常菜藕丸子、冬笋炒肉，真的很好吃，以至于每顿餐，我都要吃两碗米饭。

某天晚上烤火聊天的时候，农庄的老板娘居然找来一本绝版的《先锋书店——大地上的异乡者》，还跟我聊到了老钱。她说老钱平时招待朋友很大方，对村民也很大方，自己却很节俭，还说那本书可以借给我看。

南方没有暖气，我晚上窝在被窝里把那本书读完了。

农庄的老板娘问我是做什么的，我说写书的，专门写书店。她还说，之前有位武汉的书店店主也住过农庄，问我认识他吗？当时真的不认识，后来我在武汉境自在书店做分享会，PPT 上有碧山书局的照片时，

> 《先锋书店:大地上的异乡者》。2014年先锋书店十八岁成人礼上,我抓拍到的这本书。当时在店内找不到第二本。我曾采访过不同年龄的人,他们对这本书的读后感是,老钱的专注、执着、富有诗意等特点,深深地陪伴了他们生命的某一段。

> 碧山书局的牛圈咖啡里,《先锋书店:大地上的异乡者》,被我边读边拍。

才知道店主大石头也去过碧山书局，也跟我一样借读过《先锋书店：大地上的异乡者》。

缘分，真的妙不可言。碧山书局还给我很深印象的是，牛圈咖啡厅里没有Wi-Fi，真的可以慢下来，慢慢读书。

我身边的60后、70后容易跟我提起《先锋书店：大地上的异乡者》，觉得老钱是那个时代书店行业的灯塔。称其为灯塔，可能是一种自己做不到的敬畏吧。

我的理解是，老钱是天蝎男，执着几乎成了他的隐形文身。

执着放在事业上，尤其是书业，一定会被人肯定。只是我一直没敢问老钱，执着，有时候会不会也给他带来痛苦呢？

南京的城市地标书店，少不了先锋。

先锋书店的标签，少不了老钱。

这些年无论在哪儿，我只要听到科恩的《在我秘密的生活里》（in my secret life），就会想起去先锋书店的每个阶段的自己，那个有点儿傻、还一直坚持的自己。

> （上）2015年春节前，冬天最冷的时候，我去了安徽黄山的碧山书局。（下）2015年春节前，先锋书店（五台山店）的腊梅，给阴冷的冬天带来一丝暖意。

万邦书店魏红建：
用养孩子的方法养书店，这可能是我不想卖它的原因

谈到城市书店的地标，杭州是晓风，南京是先锋，那么西安就是关中大书房。

2014年秋天，一个人去了趟西安，散心。关中大书房的咖啡很好喝，播放的音乐很时尚。第一次去的时候，我从下午坐到晚上十一点，观察来咖啡区的读者，都是一个人安静自习或阅读。

要问我不借助拍的图片找回忆，关中大书房给我最深的记忆是什么？

我想说，是关于那儿的楼梯：可以看见学生坐着读书，也可以看见母女坐一起亲子阅读，还可以看见老人读书。

据说在关中大书房每天都会遇见"神人"。神人没那么快遇见，但跟老魏的第一次聊天，就让我觉得他太接地气了。

我问他当年为什么不做大学老师而去经商了？答案不重要，重要的是他那脱口而出的率真。后来他带我去接地气的街道吃牛肉泡馍，如何掰、如何吃的过程，我后悔忘了拍照。

再后来，我去了他在汉中留坝县开的书店，名叫"留坝书房"。

2015年7月22日，留坝书房开业。

我从北京坐火车到西安，然后跟万邦书店的店员一起坐长途汽车到汉中，再换乘公交车，到达留坝老县城。

进入留坝书房，第一个吸引我的就是房里的童书，每天吸引山村里

> 西安关中大书房,楼梯上的坐垫。
常有读者坐在楼梯上阅读,听说每天都会遇见"神人"。

的孩子们来阅读。书房里还有老魏自己收藏的老物件，比如抬头就能看见的灯。最吸引眼球的，是书房里、客栈里都有老粗布做成的生活用品。

老粗布至今已不再生产，当万邦书店将老粗布做成文创产品时，格外珍惜布料，让你触摸到老粗布的原始质感。这些老粗布都是老魏收藏十几年的宝贝，他更愿意称它们为生活用品，有抱枕、腰枕、笔袋、杯垫等。

在留坝书房的慢时光里，我有幸跟亲手做老粗布文创产品的颜姐聊天。她跟我说，老粗布的长度都是半米的，需做拼接。住进留坝书房的客栈，我仔细拍了窗帘、床罩，那种完美拼接和窗帘蝴蝶结的小细节，让我感动很久。颜姐还告诉我，老粗布越洗越耐用。我的理解是，它值得收藏，相当于相机里的"莱卡"。

那个夏天，在留坝书房的日子，并不长。我白天泡书房，夜晚习惯走在清静的老街上，好想时光慢一点儿，留存心里。

在留坝书房，也跟老魏做了一次长谈。没有视频，没有图片，就是夜里在书房里，问了一个接一个的问题。关于老粗布的专访，整理如下。

好摄女：我拍过一些书店的文创产品，觉得你收藏的老粗布很有特色，你是从什么时候开始将老粗布做成文创产品的？

魏红建：其实我意识到书店有困境了，应该挺早的，是在五年前。

那时候我就定了一个计划，用五年的时间把它转型，那个时候我就开始做文创产品，开始琢磨了。

好摄女：跟你自己收藏这些老物件也有关系吗？

魏红建：我收老物件很早，十几年前就开始了。老粗布是面收，没想过它变成什么东西，当时就自己用。喜欢，收来觉得挺好，也放不坏，而且那个东西我觉得也很温暖，很舒服。

好摄女：放在自己家里吗？

魏红建：在家里自己用的，做靠垫、做床单，很好，特别舒服，只能当床罩用，当床单用它不干净，不好清洗。所以我们这几年全部用的都是老布做的。前两年吧，我就突然想，因为收了很多了，装满了一个房子。

我的一个茶室，全放老粗布，我就想把它做成产品。这就得找比较靠谱的人做，大概找了一年多，终于找着一个很棒的人，一个阿姨。她特别好，特别认真，我交给她就不操心了，因为她做出来的东西，比我想象的好。

我专门有一个地方，以前是我的办公室，全部弄出来就培训员工什么的，那里面就有缝纫机，她最近成天就在我们那儿，那培训教室大，她成天在那儿做活。

> 留坝书房里,我最爱那些老粗布的味道。其实,留坝书房也叫"可以睡的书店"。

> 老魏很少出现在我的镜头里,这是在留坝书房开业庆典上抓拍的。

好摄女：但是我有一个困惑想问你，比如说做成这样的东西，价格不便宜，而且你又是自己收藏的老粗布，你有没有想过卖得出去吗？

魏红建：卖不出去没关系。老粗布做成的文创产品出来的时候，在关中大书房放了大概有一个多月吧，就是试销。试销过程之中，我问过员工，买的是什么样的人。比如说老外，尤其是韩国人，现在有很多韩国人，他们一买还不是一点儿。还有一些，就是很时尚的那种人。

我是觉得它已经是很棒的东西了，因为手工，也没想到它多大销量，太大销量也不可能，所以我觉得它能卖掉。

好摄女：我是通过你们的微信公众号发的文章才知道的老粗布。

魏红建：是，我不知道最近卖得怎么样。刚开始卖得一般，但是也能卖，可是我相信这种品质，所以我就坚持做这个事情。

好摄女：从我个人爱好角度来讲，我肯定会买笔袋，就是老粗布做的那种笔袋，实用，而且还不占地方，送朋友也方便。抱枕在书店里购买有点儿麻烦，会送芯吗？

魏红建：给芯，因为像我这样的人，你如果光给我老粗布外套，我就不买了。

好摄女：送文创产品，还是要送懂的人。

魏红建：和你气息相投的人。如果不相投，你千万别送他，他会当

< 汉中留坝书房,2015年夏天开业。

垃圾，这是什么破东西，扔了。

好摄女：对，昨天我发了一张图片，就是有那个布，有个朋友很喜欢，他就说，这个蓝色的布做成帽子也不错，就是那种软一点儿的那种帽子，可以折叠放包里面。你们有做帽子的打算吗？

魏红建：慢慢开发吧，慢慢来，就能做出来一些好东西。

其实跟老魏的长谈，更接近聊天。我也问了他，关于书店的共同问题。偶尔我也插话，问问别的，因为我喜欢他的豪爽。

好摄女：如果你现在不是书店老板，你觉得你会做什么？

魏红建：我也不知道，我就瞎转悠去，其实我挺喜欢玩的，也喜欢旅游。我出去旅游，往往不是以逛书店为目的。逛书店也不好好逛，看一下转身就走了。

好摄女：成都的书店跟西安有什么不一样？

魏红建：成都比西安时尚多了。西安的书店也有开在商场里的，但是西安总的来说比成都差了好几个档，连重庆都不如。

好摄女：重庆没有自己的书店，西西弗的发源地是贵州。

魏红建：重庆有啊，精典。那是重庆最文艺的书店。

好摄女：在哪儿呢？

魏红建：在解放碑。

好摄女：还有个问题，如果你是记者，你最想采访哪个书店老板？

魏红建：没有最想采访谁。其实我挺喜欢钱小华和刘苏里，就是在职业上来说，我愿意和他们聊天。

好摄女：你们是不是年龄都差不多？

魏红建：差不多，刘苏里比我大一些，钱小华比我小一点儿，每次就愿意和他们聊天，但是到我这个年龄，没有对谁好奇的。

好摄女：你们面临的困难都差不多，都经历过。

魏红建：都差不多，而且都想明白了。前几年，大家在一起探讨书店未来该怎么做，现在已经不探讨了，都想明白了。就是怎么把它落实就行。

在留坝书房的那次长谈里，老魏说他的书店有多大，他的孩子就有多大了。"我用养孩子的方法养书店，这也可能就是因为我不想卖它的原因，也不愿意让它很商业的原因。"

关中大书房的关店消息，是2016年年初，我在微信里看到的。老魏很少在他的朋友圈提起关店的事宜。跟他在留坝书房的那次长谈,是 2015 年夏天。长谈中,有透露要关店的事儿。我倒是没那么多伤感,因为万邦书店在西安还有其他分店。

在我看来,这是万邦书店的一次搬家而已。

我们书店马兔子：谈星座，最终要找到自己的根本问题

> 马兔子倒茶,聊星座,这是我们书店的标配。

很多人会选择在夏天去青岛，我的第一次青岛行也不例外。青岛藏着好几家书店，我在第一本书里写过，我们书店专注于卖书。

后来呢？每隔一年，我还会去青岛。因为我们书店里面的神人，不是一般的多。

店主马兔子最喜欢聊星座，吧啦吧啦，我连采访都忘了。那就干脆坐下来，慢慢喝茶，慢慢享受。

在我们书店聊天，最爱聊星座。马兔子说起天蝎、巨蟹和双鱼这三个水象星座时，总会来一句：水宝宝。

我的印象中，先锋的老钱、读库的老六，还有我们书店都是天蝎。天蝎，黄道上最难理解的星座之一。做书店分享会时，我总会把天蝎拿出来调侃，也自黑一下。

马兔子是双子座，据我观察，每当书店里有人问他星座时，他还是会淡淡地来一句：谈星座，最终要找到自己的根本问题。

聊星座的时候，少不了茶。

像我这种不懂茶的人，只能瞪大眼睛看着马兔子、小令老师倒茶，听着听着，茶也跟着喝了好几杯。

我也明白，不只是在喝茶，这也是马兔子治愈他人的一种轻松表达。

关于书店的问题，起初我有点儿不好意思，怕大家觉得我"假正经"。

后来我干脆不问了，感受到了什么，就写进手机备忘录。

马兔子在书店独处时，有个写日记的习惯。从 2008 年开书店以来，他写了很多本。他给我看笔记本的外壳，我也认真地拍了几张合影，至于内容是什么，我也不好意思问。

马兔子愿意主动跟我讲的事情，比如当年在北师大读研的一些趣事，也会谈到万圣、后浪里的一些牛人，比如我从未见过面的马胡子。

当然我们也会聊到共同认识的书店人，胡同和老张。他说胡同、老张要的都不是自由。

表面上是在批评我做的书店纪录片，实际上我听得懂本质，这世上自由也是相对的，有付出和得到，也必然有失去。

与马兔子谈天，没有视频和录音，有些感受，记在心里也很好。

平时，我很少想起马兔子。但只要有人提到青岛，我总会说起他和我们书店。

其实，他没有一句说教或评论，就这么平常地过着自己的生活。

> 看着这些笔记本,也好像看到了我们书店的一些光阴。

杂字女贼：
独立书店去死
有一千个理由，
但活着
也有一千种可能

独立出版 Independent publishing
独立书店 Independent bookstore
艺文空间 Space of art
创意好物 Creative handcraft prod...
自由创作人联合工作室 Freelance

2012年春天,我独自一人从北京飞到大理,是第一个见证杂字时间店在双廊开业的读者。

2014年春节,我从重庆飞丽江,然后到大理,那时候杂字已经在古城有了店。

2015年1月,从北往南,青岛、南京、碧山,最后到大理。这时候,杂字已经有了自己的文学小酒馆和文创民宿。跟杂字创始人女贼长谈三个小时,与其说是书店采访,不如说彼此聊聊这些年跟书或书店的过往。

女贼早些年的文字,有关旅行,有关个体,那些暖心的话,可以在独立出版物《杂字》里找到。

最近两年,我重读了《越活越像个无赖》,有段话我停下来想了许久:"20多岁时,专注而用力地去爱一个人;30多岁时,像爱一个人一样,专注而用力地去爱一件事——爱你所爱,女人种植自己的方式之一,把自己种在生活里,经历自然和时间这两个巨人的好心肠和坏脾气,然后迎来四季分明的人生,偶尔气定神闲地看着心的后花园里,蒲公英一样的生长——那是一种叫着自由的花朵。"

女人长成自己,不容易。

如果说杂字在初期是一种自我的表达,那么这几年,看女贼和特务以及她们的小伙伴们做出来的事儿,我会渐渐觉得,这是一种责任,也是一种信任和希望。

> 杂字书店

> 杂字双廊店有被翻阅得很旧的创刊号,特务一直都不舍得卖出去。

杂字的微信公众号的文章有硫酸专栏,女贼主笔。每次看完,我都会收藏,也需要好长时间才能平静。

硫酸系里有谈"独立书店",女贼说:"独立书店去死有一千个理由,但活着也有一千种可能。这是一个漫长而辛苦的试错过程,但这行业天生基因就是艰难而美好啊,谁让你喜欢呢?谁让你非要搂着不放呢?既然选了,认了,那就各种路子都试试。"

有时候,女贼的话,何尝不是自己潜行的灯塔呢?

2016年秋天,女贼来北京出差。我们约在青年路的一家咖啡馆里聊天,聊着聊着,讲起了蜜蜂书店的老张。我说他开朋友圈书店后,我就主动屏蔽不看他。不是因为讨厌他,而是每天被卖书的信息刷屏,我有点儿接受不了,怕错过有效信息。

女贼听后,说心痛。我懂她的那份体恤,还有她能理解的不容易。然后我们就调侃一句:你说书店怎么办啊?

这两年,只要有人问我去大理怎么玩儿,我就会脱口而出:你去睡睡杂字吧。

杂字的文学森林,也就是民宿,我叫它"可以睡的书店"。宅在杂字,有好书看,有好茶喝。上卫生间的时候,发现马桶附近有书,我重新读了女贼的《我们这儿盛产蛇精病》。

这些年泡书店,我也认识了三种人:男人、女人和书店病人。

这群书店病人,一个比一个"病"得重,回过头看看,做事且"病"

> 夯字文学森林里,有夏宇的书。

> 书卷气很浓的红糖。

着的人，不多了。那些心术不正、心不在焉的人，我也渐渐能识别出来，远远的。

以前在大理，总是在夜深人静的时候，才有机会跟女贼和特务聊天。

小朋友们叫她们大妈。两位大妈是我成长中最最真诚的朋友，她们从不说教，每次夜晚里的长聊，我受益很多。偶尔，我也会讲自己踩过的坑，讲出来了，就真的过去了。

特务是杂字的联合创始人。2016年春节，她给我发来一段很长的微信。

微信里说，一个书店的成长远不是一两个书店主理人说给你听的那些。你的记录一定是理性的、独立的、经过求证的，仔细观察事情而不是别人所说的。许多人对外界有惯常的表达，这种人群与内心的真实不一定相符合。所以，你要想获得有价值的信息，必须学会独立观察，避免掉入肤浅的人物表述中去。此建议提供给你的第二本书。

事到如今，我明白了这段话，真正做到了多少，把它交给时间。

这几年，看着杂字成长，从独立出版到独立书店，从文学小酒馆到文创民宿，还有用心的伴手礼——红糖和玫瑰花酱等。

红糖很好喝，连包装都透露着书卷气。

还是想说那句，大理最美的风景是书店人。

CHAPTER 2

第二章

书店里的小确幸

西西弗
最美的风景,是读者

村上春树说"小确幸",就是微小而确实的幸福,是稍纵即逝的美好。

这些年,在书店里遇见猫猫狗狗、花花草草、瓶瓶罐罐等,都是我的小确幸。

而我所理解的"书店小确幸",是刚好遇上,之后慢慢热爱起来。

若要问我,哪种小确幸是完全"偶然"遇见的,那就是在西西弗书店里遇见"有人读书"。有人读书,这个"人"是男人或女人,也是老人、年轻人或小孩儿。总的来说,这个人是西西弗的读者。

对西西弗的第一印象,源自重庆三峡广场店。那时候的西西弗书店,还没开进商场里,当然也在商圈内,附近有重庆的一些高校和中学。

2013年春节前夕,我早上十点到那儿,发现门口站了一些排队的学生。走进去,我才懂,学生们是去"占位"的。原来,他们早已把西西弗书店当成图书馆的"自习室"。

一群年轻的学生们围坐在"自习室",有的读书,有的写字。我的印象中,还有老人戴着眼镜,在读书。也还有读者,坐在地上读书。

那些年,我养成了一个习惯。每年春节必去西西弗,在我回北京的当天或前一天,总之,就是上飞机之前。

2014年5月,西西弗三峡广场店搬家。从心里说,我最喜欢这个店。偶然遇见的那些"有人读书",老人和孩子居多,也是最专注的。2014年年底,我再次到三峡广场,找到了搬家后的西西弗。

虽然空间没以前那么大了,我仍然热爱它,热爱那个可以"自习的

▷ 这张图片摄于2014年春节,西西弗(三峡广场店)搬家前。

> 西西弗里那个可以坐下来自习的地方,有老人在专注地读书。

角落"。一个偶然的发现,西西弗里爱读书的姑娘真多啊。日后,我整理照片,看着读书的姑娘,很想说,书是女生最好的保养品。

后来,我有机会去了更多的西西弗书店。有人说,西西弗的每一家店都太像了,没什么新意。现在,朋友圈里晒西西弗书店,图片不是绿色背景,就是英伦风。

我很少发言,也不评论。既然我愿意去西西弗,一定有它的理由,因为我还是能在西西弗看见"有人读书"。

在成都西西弗,我的印象中,是在一个商场里,约了几个朋友谈天。也就是在2014年、2015年那两年里,西西弗开始走向全国,被大众所知道。

没记错的话,它从西南地区走出来,去的第一个城市是深圳,之后在上海、杭州也开了店。

我对西西弗文创产品的了解,是从泡杭州的西西弗书店开始的。我买了春、夏、秋、冬定制款的纸胶带和布包,作为礼物送朋友。这也是我多年来泡书店养成的一个习惯吧。

当然,西西弗里最动人的画面,还是读者,总能看见"有人读书"。

书店对我来说,有时候是一群人的谈天,有时候也是一个人的独处。

在武汉西西弗,我一直对着电脑办公。网速有点儿慢的时候,我就抬起头看看西西弗里的风景,周末的时候读者有点儿多,还是能看见"有人读书"。

有时候我在书区里转,低头也能看见"书的分类",真的很暖心。

有个遗憾,我一直还没去过西西弗书店的发源地,据说在贵州,创办于1993年。西西弗到了重庆,是2007年以后的事情了。

这些年,无论在哪个城市、哪家西西弗,我能遇见并拍下"有人读书",这是一种珍贵的书店小确幸。

是的,我想说,西西弗最美的风景,是读者。

在夜间不打烊的书店里，遇见另一个自己

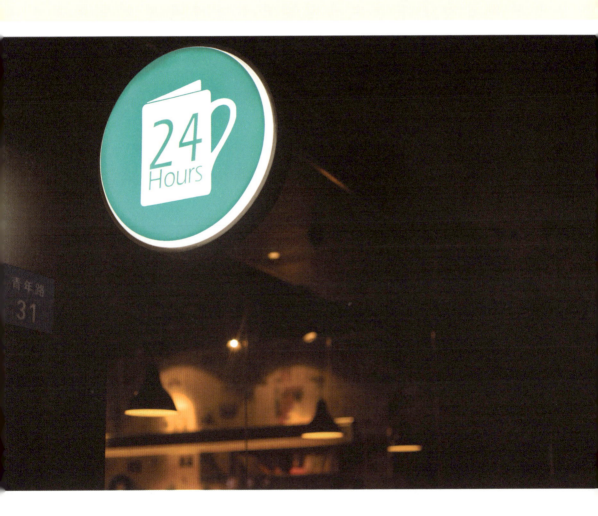

我所居住的城市里，有一家夜间不打烊的书店，它叫三联。

准确地说，夜里我从没去过三联书店，只是在它的楼上，雕刻时光咖啡馆里，对着电脑办公。

我还发现，雕刻时光里，对着电脑的人，还真多。

记得我泡的第一个夜间不打烊书店，是成都东区音乐公园里的轩客会。我还写过："说到夜间不打烊的独立书店，台北有诚品，成都有轩客会。"那时候微博里有人问我，轩客会算独立书店吗？

再后来，全国 24 小时书店铺天盖地地出现，我也去了一些，印象最深的还是成都。特别是锐钯街上的轩客会，我喜欢它静谧的样子。

2015 年初夏，我抱着电脑，坐在靠窗的位置，点了热牛奶，办公到凌晨四点。店内人不多，偶然看到自己的第一本书静静地躺在一堆书店的书籍里，也是一种静谧吧。

跟妍认识，是在 2013 年，我在杭州拍书店。她在书店工作，这家店在全国书店圈里是有名气的。那时候我从书店出来，她给我指路，怎么步行到西湖。后来我再去书店，不期而遇，认出了彼此，加了微信。偶尔在微信上互相点赞，交往不密集，也不疏远。

2015 年夏天，我再次抵达杭州，到了才跟她说，也只是说你在的话，我步行过来看看你。她下班，我说我等会儿会去 24 小时的悦览树。不期而遇，她也想，那就一起吧。车停在新华书店附近，下车时，她问我，

> 女朋友在杭州悦览树里,安静读书的样子。

> 2014年夏天,青岛的明阁岛。那位静静读书的女子,背影也很美。

> 上海,大众书局。夜晚,没有人的书区是寂静的。

书店里的小确幸

一会儿吃羊肉串吗?

我客气地说,晚上了,不饿啊。到了悦览树,我们首先溜达了一圈,她站在书店工作者的角度,偶尔会拿出笔,记记。我呢,站在拍照角度,东看看西瞧瞧,不忘拍"有人读书"。其实,这么美好的环境,还"有人上网"的,还"有人玩手机"的。

后来,我跟妍坐下来,就是那个三面都是玻璃的私密空间里,谈天。女人聊的东西,有点儿抽象,像哲学,像无病呻吟,说什么像什么。但有一点,我能感应到,那时候彼此是没有"修饰"的,女人的真我,出现了。

如果说,杭州的 24 小时书店是跟女朋友一起泡过的,那么青岛、上海的 24 小时书店有点儿慕名而去,过了半夜十二点才走的。

上海的大众书局、青岛的明阅岛,除了自己读书外,这些书店很清净,唯一让我觉得不舒服的是,居然有人来书店睡觉。

当然,对我也没什么影响。只是我总会在半夜回酒店,那时候还没有网约车,一个人站在书店外的大马路上,等车,时不时地还往书店看看。

听说苏州自在复合书店,每周五也是夜间不打烊,可我没有泡过。2015 年夏天,我有幸在这家书店做摄影展和分享会。自在复合书店给我最深的印象是它的书籍分类,比如"理想国"出版的书,都在一面书架上。

老实说,台北的诚品书店,去过好几家。那家著名的敦南店,大概晚上九点,我就离开了。

我对夜间不打烊的诚品书店的认知，全在当年读李欣频的《诚品副作用》里。

这些年，已经记不得去了多少家夜间不打烊的书店了。

重要的是，在夜间不打烊的书店里，我遇见过另一个自己。

多年后回想起来，这个自己，更多的是独处的自己，这也是我的书店小确幸吧。

书店的味道，
缘自猫的天空之城

慢半拍，我的书店光阴

泡书店的时候,若店内有明信片,一定会买。有的写了,有的寄出了,还有的留在包里。慢热的我,总觉得好多话说不出口,那就写在明信片上。有祝福,也有当时的心情,比如某年某月晴,我在哪家书店。

自从做了独立摄影师,也爱在年终时,选上一些照片,做成明信片,送朋友。

可我从来没有想过,可以跟一家书店合作,出版我的明信片,内容依然是书店。

"书店的味道",就是我跟猫的天空之城书店(以下简称"猫空")合作出品的一套明信片。

"书店的味道"里,有书的味道、猫咪的味道,还有zakka的味道等,这一切,也是我的书店小确幸。

这些年,我最大的财富,是书店里结缘的人和事,还有书店里的猫猫狗狗们。当苏州猫空书店找到我,出版这组"书店的味道"时,我静心了好长一段时间,当初拿出的照片有五六十张。最终他们选择了十张,我取名为"书店的味道"。

是的,每一张照片不仅有故事,它们已经沉淀了属于自己的书香味。这十家书店是北京布衣书局、北京蜜蜂书店、北京雅之琪缘书店、成都今日阅读书店、大理杂字时间店、济南很像书店、青岛不是书店、南京先锋书店、苏州雨果书店、猫空上海大学路店。

每次看见我家墙上贴着的"书店的味道",我就会想起自己的一段过往。书店对我来说,从喜欢到热爱,刚刚好。

跟着"书店的味道",我发现了不一样的猫空。

2016年春天,在大连的猫空书店,第一次买到了自己的明信片"书店的味道"。当时我的小心脏怦怦地跳,就跟小学时代作文被刊登在书上一样激动。

那天在猫空泡到了傍晚,我坐在门口看夕阳,听海鸥的嗲声,心情是舒畅的。

后来有朋友问我,你去大连看了什么啊?

当时我很尴尬,一下子说不出那些景点的名字,也没去海边。但我去了,可以看得见大海的书店,对吗?

我很喜欢上海大学路上的猫空。

好多年前去复旦,就跟闺蜜坐在这家猫空聊天。记得我们点了丝袜奶茶和芝士蛋糕,说话的声音已经很小了,还是会吵到旁桌的读者。这家猫空,真的很静。

2016年春天,在上海给客户拍照,去了她年轻时的大学门口留影。后来,我们也一起去了大学路上的猫空,最有趣的是隔壁花店说扫码送花。就这样把鲜花带到了猫空,最后带回了酒店。

那晚,我还用手机抓拍到了夜色下的猫空。

你会问我,猫空是一家什么样的书店?大众可能会说,就是卖明信

> 苏州平江路上的猫空,是猫空总店。
2015年夏天,在那条路上,买过栀子花,也拍过夕阳下的自己。

> 我把"书店的味道"贴起来,也看到自己的一段过往。

> 成都猫空,摄影师常去的书店。

> （上）跟猫空合作的明信片，叫"书店的味道"。有时候，我把封面留下来，贴上纸胶带，就变成一张美美的卡片。（下）上海大学路上的猫空。去猫空的路上，遇见一家鲜花店，送了两枝花。我记得那晚在猫空买了一本日本书店的书。

片的书店。

嗯，没错。这些年去过北京、大连、上海、苏州、成都的猫空书店，我的理解是：可以许愿的书店。

我曾在猫空写过一张明信片，寄给一年后的自己。其实啊，收没收到，一点都不重要。重要的是，那个当下，我在猫空许过愿，也真诚地面对过疲惫不堪的自己、任性固执的自己。

这些年，猫空书店也渐渐走进城市里的商场。成都的猫空就在太古里，店面不大，走进去，有个可以小隐的书区，也是拍照的好去处。

要是想买到丰富的文创产品，可以去苏州的诚品生活地下一层，那里也有猫空。

2015年夏天，凤凰传媒在苏州的书展，自在复合书店的朋友找到我，希望我去做分享会，还有摄影展。

分享会前，有机缘认识了苏州的好几位书店创办人，给我印象最深的就是猫空的创办人徐涛。分享会前，他一直话少，低调得让我觉得他不像老板。后来，等我签完名，我主动说了一句，一会儿一起喝咖啡。

慢下来，喝喝咖啡，徐涛的好多想法，我都喜欢。重要的是，他依然不像老板，偶尔我讲到那些小而美的书店时，他能体恤到它们的不容易。

偶尔我会抱怨，为什么猫空的那些书都要塑封着？徐涛说话也很实在，他有他的商业逻辑，一开始他就知道不能靠书去生存。

也就是那次跟徐涛聊天，我的明信片诞生了，才有了后来的"书店的味道"。其实，相机是我的工具，技术一定是在进步的。现在，我用手机也能拍书店，那些走心的照片，需要在岁月里多泡泡，自然觉得刚刚好！

书店的味道，源自猫空，也是我的小确幸。

天堂时光里那串"青青佛眼"

北锣鼓巷里，有天堂时光旅行书店。

第一次走进它，是2014年夏天的傍晚，店主瑛姐做的苦瓜加黄瓜汁，还添了香蕉，好喝极了。

后来，我总爱跟身边的朋友推荐天堂时光，一家闹中取静的书店。

这些年常去北锣鼓巷的天堂时光，跟女店主瑛姐的生活方式有很大的关系。

她不只深爱猫，还会亲自动手做手串，我脖子上那串戴了多年的"青青佛眼"，就是她设计的。瑛姐的设计风格很简约，她从我平时穿衣的习惯看出，我喜欢黄色和绿色。"青青佛眼"也是用足了黄色，还有少量的绿。

每年冬天，"青青佛眼"就成了我的日常毛衣链，也是我跟女朋友们常炫耀的小确幸。

朋友圈里常看到瑛姐分享天堂时光的日常。她分享自己设计的项链、手链，与朋友圈里那些微商、代购不一样的是，她只是静静地分享手作过程，偶尔也有买家秀的文字。

有人说，你是谁，你就会遇见谁。对的，进了瑛子的店，静静地坐坐，也是一种享受。

2016年春天，我约好采访她。那个下午，她在做手链"春芽"的过程中，有人进店买咖啡，也有老顾客进来聊天。她呢，还是静静的样子，话不多。做好咖啡，跟客人聊天兼顾着手上的"春芽"。

有趣的是，那位老顾客总说她不会宣传、不会营销，她也只是笑笑。安静地做自己，自然吸引你的用户，这是我从瑛子身上学习到的最本真的状态吧。

没错，在我心里，她是书店里最静心的手作女。

2016年专访，整理如下。

好摄女：当有人说想要买你设计的手链、项链时，是什么时候？能分享一下具体的故事吗？

瑛子：一开始是自己的爱好，收集设计特别的老珠子等，然后就很自然地分享，就会有人说也好喜欢，也想要……朋友圈上也有，现实生活中也有，当时的感觉就很开心。

好摄女：设计的手链、项链，一般灵感来源于哪儿？会跟客人提前交流吗？

瑛子：很多种可能性，比如那天天气很好，小草嫩嫩的，我会觉得清新的设计就出现了……或者一首老歌、一个老电影片段，就会给我那个气质的设想。如果是定制款当然要交流，我会了解例如是否为送人的礼物、佩戴者年龄气质特殊偏好等，有时候也会看看佩戴者的照片什么的。

> 青青佛眼，一直跟着我。夏天穿长裙时，冬日穿毛衣时，总有它的陪伴。

> 瑛姐安静手作的样子。她是书店里最用心的手作女。

好摄女：找你设计手链、项链的女性，大概是什么年龄段？是什么风格？

瑛子：年龄段在二十岁到五十岁之间，虽然年龄跨度比较大，但我会根据她们的需求调整。不过，她们对于简洁审美的标准，都是与我大体保持一致的。

好摄女：有没有对你设计的作品不那么满意的客户？这时候怎么权衡？

瑛子：在定制款的创作过程中会有讨论，我会先了解客人的风格和喜好，然后给她们我的想法，几个方案备选，同时要告诉她们这些设计的来源，普及一些基本的知识……最后会有一个很好的平衡点。这个过程虽然有时看起来很纠结，但是在完成作品后，客人也会对作品产生更多感情，因为作品里融入了她的部分思想。

好摄女：一个人手作的时候，你一般会想什么？

瑛子：这个时候很专注于色彩、材质这些事，等待着设计中的小惊喜闯进来……专注在这些细节里是件很放松的事。

好摄女：若书店有客人进来，你正在穿珠子，如何平衡这个状态？

瑛子：放下手头的事情，先安顿好客人，她们也大多很喜欢看着我工作。

> 瑛姐在自己的书店里晾的干花,紫色最好看。

好摄女：手作是你的书店的一个延伸吗？有没有想过在书店里开手作课堂？

瑛子：两者相辅相成，因为都是我喜爱的，所以我会很自然地把我喜欢的东西分享给大家。手作课堂是一直就有的想法，但是需要做好准备。

好摄女：天堂时光旅行书店在北锣鼓巷开了快两年了，除了有书、咖啡、手作等，最近还会有什么新的主题吗？

瑛子：会有的，比如电影，好主题很多，当条件具备就会很自然地发生。

好摄女：当年开书店，你的初心是什么？

瑛子：做自己喜欢的事，做温暖有创造力的事，同时经营好这种美好的生活。

好摄女："每个女人都该有颗匠心"，你如何理解这句话？

瑛子：匠心就是沉醉于自己眼下手中的事物，享受完善它的过程吧，这样的女人应该是幸福的。

说起书店里的猫咪，我可能一天都说不完。

北京有猫咪的书店，脱口而出的是，北锣鼓巷的天堂时光旅行书店。

猫咪胖胖很安静，也会撒娇。我爱带闺蜜去天堂时光，除了有好喝的咖啡和放心的甜品外，还有胖胖睡在我们中间。就这样，我们很少说话，自己看自己的书。

天堂时光的手冲咖啡很好喝，有时候会带几包挂耳包回家。瑛姐会现做，保证豆子的新鲜。

我的记忆中，瑛姐从未主动把书店内的商品挂在嘴边"吹"。她用双手冲出来的每一杯咖啡，做出来的每一份甜品，都是走心的。

偶尔，我看看书架上的书，主动跟她说，你店内的书，能推荐几本吗？每次她会推荐一本，也是她某个当下在读的那本书。

我常说，喜欢一个城市的书店，一定是喜欢沉淀下来的那些人。

瑛姐算是其中的一个吧。

每次出门戴上"青青佛眼"，我就自然而然的想起瑛姐，还有她的天堂时光。

CHAPTER 3

第三章

拍过且逐渐消失的书店

老徐和他的龙之媒

对于 85 后的我来说，知道龙之媒广告书店，是在 2013 年秋天，也就是它的 100 天倒计时活动。

那时候从网上知道老徐的快书包，远比龙之媒广告书店，要多得多。对书店的消失，我没那么悲观。总觉得，这就是做广告出身的老徐坦然面对书业的一种现状。

那年在微博上，我报名参与了龙之媒广告书店一日店长的活动。

记得 2013 年双十一那天，我在北京龙之媒广告书店做"店长"。与其说店长，不如说是体验式的记录者。

老徐当年创办的龙之媒书店，据说分布在全国好几个城市。做一日店长，其实书店就在写字楼里，准确地说，是他创办快书包的办公室。

这个不大的办公室内，放着好多龙之媒自己出版的书籍。广告类的书籍，比如奥美系列。整理书架，我翻到了一些传媒类的书籍，都是大学时代的教辅啊。这才搞懂，原来老徐做龙之媒广告书店的同时，还在出版书。

一天下来，来买书的人不多，即便有人买，也是购买快书包出品的养生本。

老徐不仅出版书，还跟他的太太老高一起写过书，《我爱做书店》算是其中的一本吧。

那些年，我在重庆、北京的一些书吧里，拍到过《我爱做书店》。老

< 2013 年做一日店长那天，刚好是双十一。
图中这位女性，才是龙之媒广告书店的资深店长。

拍过且逐渐消失的书店　　153

∧ 2013年最后一天，老徐和他当年的同事们聚一起。
他们从激情的青年老到成熟的中年，
现在有的在pageone、时尚廊等实体书店工作，
有的已经步入书店以外的行业，还有的留在快书包、
龙之媒的这场告别，不言伤、不矫情，面对现实，踏实转身。

实说,当时按快门,只是对书名感兴趣,加上周围的环境很唯美。我真正对这本书的了解,是从做一日店长开始的。遗憾的是,我并没有在店内找到《我爱做书店》。

后来,因书店结缘一个媒体朋友,她居然把《我爱做书店》送给了我。时隔多年,这本书我还没读完,但还是会听到身边一些60后、70后的人提起它,提起老徐和他的龙之媒。

龙之媒闭店最后一天,是在2013年年底。

老徐的好多老同事都回来,聚了聚,我也有幸跟拍了一些照片。尽管拍合影并不是我的拍照风格。能留下龙之媒书店老同事们的一些合影,是一种难得的缘分,他们中的一些人当年离开龙之媒,有的还在书店工作,有的不再做跟书店有关的工作了。

这样的合影,有一种珍贵的仪式感。多年后的现在,我才慢慢懂得。

我的印象中,跟老徐见过两次面。第一次是闭店的最后一天,第二次就是他和老高的新书《育儿基本》新书分享会。

这两次见面,间隔了三年。这三年,好在有朋友圈知道他们的动态。老徐绝对是超级奶爸,每天接送孩子,老高绝对是资深森女,会自己做衣服。

老实说,他俩是我心目中的亲子阅读方面的榜样,每天陪伴孩子,让孩子自己选书,同时也没放弃自己的成长!

如今跟老徐的交流,转移到了微信。

龙之媒、快书包都是老徐的过去式,现在他是顾问、投资人,在头条号上经常分享育儿经。偶尔,他也在旅途中分享书店见闻,比如拍到苏州诚品和南京先锋,在同一事情上的不同态度。这些小小细节,还是能体会到他的用心。

在猴年即将过去的时候,老徐在微博上写出这样一段话:"我的48岁本命年终于要过完了,本命年不宜折腾,要静,这一年过下来不知是算静不静。想想这一年变化还挺大,终于疗伤完毕,走出了快书包创业失败带来的长达一年的坏情绪,身体也慢慢恢复;感谢老余邀请我担任了近一年的新石器手机的顾问,接受王斌兄邀请担任中信书店独立董事和顾问,接受东曙兄邀请担任乐平公益基金会顾问,接受邀请担任世优科技新项目董事。感谢几位老兄帮我在创业失败之后能找到下一个社会角色——'顾问',也越来越喜欢、投入这个角色。这一年出版了我们夫妻跨界的新书《育儿基本》,感谢这本书出版销售过程中的起了重要推动作用的今日头条和后浪的以及其他帮忙的兄弟姐妹们。想想这一年,还挺值得怀念。"

我从来没问过老徐,你的龙之媒和快书包为什么到后来都关门了。看着他当下做的这些事,就觉得他没有"脱实入虚",也懂得平衡工作与生活。

世界上海拔最高的书店，
我来过

文艺女青年，总有一种对西藏的向往。加上对高原反应的陌生，也会带着一股神秘感，我也不例外。

多年来，有书店的地方，我敢去。真正有勇气去西藏，还是缘自老潘和他的天堂时光旅行书店。

早些年在微博认识的天堂时光书店老潘，我们一直有联系。终于在2014年的夏天，我一个人坐着火车，去拉萨。

到了拉萨火车站，老潘来接我，当天的高反不是很明显。放下行李，我就去了天堂时光的东措店，这是拉萨的第一家店。

为什么我起笔写的是西藏的天堂时光，因为书店不止在拉萨。

截止到2014年，世界上海拔最高的书店是天堂时光纳木错店，海拔4718米。到了书店，我的高反并不强烈。店长小何带我去远离人群的湖边，天空那种深邃干净的蓝，一直留存我的心间。

我背着相机，却很少按快门。我知道，有些风景要用心看。

天堂时光纳木错店有些简陋，有书、明信片，还有一架钢琴。我没在纳木错过夜，当天选择返回拉萨，而我的行李箱也完成了"光荣的任务"——帮老潘带了一批书，从拉萨到纳木错。

在拉萨，天堂时光有多家分店。

北京东路店适合游客静下来写明信片。东措店是在拉萨的第一家店，至今安放的那架钢琴也跟着老潘漂泊多年了吧。平措店做到了书店

> 天堂时光每个店里有一架钢琴,店长小何弹琴的时候,我站在简陋的屋子外面看着他,好久。

拍过且逐渐消失的书店

> 天堂时光每个店里都有一架钢琴。

> 老潘没事儿的时候，就爱在书店弹钢琴。

与客栈的结合。如果你想约上三五朋友，那就去拉萨河店吧，它远离人群，藏书较多，也适合一个人发呆。

我很喜欢天堂时光的人性化阅读。不管你消不消费，都可以坐下来，任取一本书阅读。每家店都有钢琴的陪伴。有时我爬楼梯，因缺氧而气喘吁吁，只要听到店内那钢琴声，脚步就会放慢一点儿，呼吸也跟着顺畅多了。

我在拉萨的时候，也跟老潘谈天。

他毫不避讳地谈了过去，做广告公司老板，做导演，从丽江只有九平方米的空间开始做书店，再到拉萨的多家天堂时光。这一路，他的坚持，他的努力，他的隐忍，我只倾听，不作评论，不管外界如何看。

我们唯一的分歧就是，我不爱接受他的送书。因为我知道经营书店的艰辛和作者的心路历程。老潘还是乐呵呵地说，我爱分享呢，我乐意。

曾被友人问过："哪儿有书店你都去，关键是云南啊西藏啊，你不怕吗？"年轻气盛时，我说，怕什么。

现在想想，这都是我的幸运，因书店结缘一些温暖的书店店主，他们在能力允许的时候，接待了我。比如，老潘让我住在天堂时光的平措店，这家店是书店与客栈融为一体的。

这些年，我居然在书店许了不少愿。在拉萨独处的时候，买一张明信片，写给自己。也就是从2014年西藏行开始，我每次远行到一个城市，只去一两家书店或景点，留一点儿遗憾，下次再来。

旅行的意义，对我来说，不只是一次或短暂地看风景。

西藏，有好多风景没去看，这是遗憾。

但是，世界上海拔最高的书店，我来过。

书店总有消失的那一天，不消失的是记忆，是留在我生命里的每一处的书店记忆。

致敬那些消失的书店

每次听到书店关门,我都会主动回避,不在微博、微信上转发。心中有各种滋味,更不想把情绪放大。若这家书店跟我有很深的缘分,我更是小心翼翼,好多年都不去书店所在的那条街,跟书店店主也不主动提及。

致敬那些我拍过且逐渐消失的书店。这些年,我行摄了上百家书店,有坚持二十年、十年、八年、六年的,也有熬不过三年就关店的,或者店主转行干别的了。坚持固然重要,书店实在坚持不了,放弃也没什么不好。

第七年,我能坚持写下去吗?书店浅浅进入我的生命里,用所谓的情怀就足够了吗?在中国书店的转型期,无论是传播者还是经营者,我想,我更愿意潜行做一个建设者。

01>
北京龙之媒广告书店

龙之媒广告书店创办于20世纪90年代。在2013年年底关闭之前,做了100天倒计时的活动。我记得2013双十一那天,我在北京龙之媒广告书店做"店长"。与其说做店长,不如说是体验式的记录者。龙之媒闭店最后一天,老徐的好多老同事都回来,聚了聚,我也有幸跟拍了一些有仪式感的照片。

02>
北京原本文化生活馆

原本文化生活馆的创始人是《书店之美》的作者田原。记得田老师说过,"不爱书,你这辈子真的做不出好书店。"爱书懂书的他,让自己的生活馆有了书香的味道。当年原本文化生活馆坐落在中关村的购物中心里,我敢说,这是最近几年大陆书店转型为复合空间的一个先行案例。

03>
北京好书吧

第一次走近好书吧,是2011年4月15日。好书吧始于微博时代,结缘于她的创办人潘潘。后来,在好书吧认识了吧花牡丹,还成了我的干女儿。潘潘的父母是湖北人,他们好客、热情,还很文艺,大家爱称叔叔阿姨。当年好书吧的招牌菜就是阿姨亲手做的热干面加米酒,简称"R&M"。

04>
北京时尚廊

时尚廊是北京城"最好吃"的书店，它的招牌鲜虾意面，几乎每个季度我都会带朋友去吃。有一次我问时尚廊掌柜，开业之初就有意面吗？他说起初是他的家乡菜。一直有个疑问，当年他创办福建晓风书屋时，有没有美食呢？时尚廊关店时间是2015年9月底，那个月好多人排队去买书。

05>
北京雨枫书馆（崇文馆）

雨枫书馆崇文馆，有着女性的标签，也有着@岂有此女 的印记。微博盛行的时候，她阅读了什么书，看了什么电影，听了什么音乐，在雨枫她遇见了什么有趣的人，我都会知道。后来，岂有此女离开雨枫，对她的关注丝毫没减。她是旅人，是厨娘，还是一个全职好妈妈，朋友圈里常能看到她的育女心得。

06>
北京单向街（蓝色港湾店）

怀念蓝色港湾的单向街，我爱它的清静。那些年在二层能见到看书的许知远，听过陈丹青、周云蓬的讲座，也看见过柴静。那么多人的讲座里，我很少看到有人要去跟他们要合影的。你厉害，就站起来大大方方地问问题。多年后，我采访蜜蜂的老张时，我说现在在单向街再也看不到许知远读书的样子了。老张说，你看不到，是正常；你还在店里看到他，书店就没了。想想也是，每一个书店创办人要活下去，就得有所"舍"。

07>
北京七楼书店

2014年年初，在七楼书店拍到杨政老师的新书分享会。那时候杨老师与少儿美术教育专家一起，把世界最美的图书阅读和世界前沿美术教学相结合，独创"绘本阅读＋美术表达"的五颗星美育教程。七楼书店里这场温暖的阅读分享会，孩子们可以自由活动，也不影响父母们听讲座，真好。

08>
济南很像书店

2014年，济南很像书店搬到经三路了，空间大多了。金姐在选书上，还是坚持她的风格——台版书较多。其实在我们相识的一年里她多次去台湾，开启了我对台湾书店的关注。2016年夏天，我在微信公众号上开始写消失的书店，有一天金姐在朋友圈里评论，说自己的书店也关了，还跟我调侃，会不会成为第13篇。我没觉得有多悲情，微信里常能看见她的分享，做着自己的小事业——当英文老师，寒暑假带小朋友们出国游学。

09>
上海季风书园（华师大店）

上海季风书园华师大店开在高校里，学术书籍必定不少。店员告诉我，梁文道来做讲座时买了些书，还谈到自己从不网购书。我只去过一次华师大店，给我最深的记忆就是四只猫咪。那时候它们都还小，长得有点儿像。它们分别叫季季、风风、书书、园园，好有爱。

10>
苏州蓝色书屋

苏州人告诉过我，蓝色书屋是他们的童年记忆。可见，它的年龄也不小了。蓝色书屋的二手书，成了我镜头里最多的关注。跟我去过的其他单靠卖书的书店相比，这里一小时内时不时有人进出，看书、买书、跟老板说上几句话，看得出他们是书店的常客。

11>

杭州雕刻时光（蓝狮子店）

在我去过的雕刻时光咖啡馆中,杭州雕刻时光的书籍最多。它的前身是蓝狮子时尚书屋,当年被称为"能看见西湖的书店"。我常在想,这个店是吴晓波说自己开过的那个书店吗?

12>

南京万象书坊（青岛路店）

2012年9月,我去万象书坊,它是一家专注于卖书的书店。2014年9月,再去万象书坊,它已经是复合空间,记得那晚我在店内读完了《断舍离》。2016年,我从五台山的先锋书店漫步到南京大学,路过万象书坊,它已经变成了一家咖啡馆。每所大学都有一条好吃好玩儿的街,这条街上少不了一个书店。每次提到南京,我就会说起万象书坊。后来,听说万象书坊搬家了。

13>
西安关中大书房

关中大书房的关店消息,是2016年年初,在它的微信公众号里看到的。2015年夏天,我去留坝书房采访过老魏,那时候我就知道要关店的事。没那么多伤感,因为万邦书店在西安还有其他分店。在我看来,这是书店的一次搬家而已。当然,关中大书房已是西安的城市文化地标。

14>
成都三重奏镜像

2016年,我在微信公众号里发出《这些年我拍过且逐渐消失的书店》的首篇文章时,第一个在下面留言的就是三重奏镜像的店主。这些年,我的微信里并没有她的联系方式,但看到留言,内心还是暖暖的:"谢谢你。看见我们的三重奏了。现在我们叫三重奏工作室。以书与衣为主。也在荔枝网开了三重奏,声音。愿你越来越好。"

15>
大理海豚阿德书店（人民路店）

第一次走进海豚阿德书店，我跟阿德说的第一句就是，这么多艺文类书籍，你该开在艺术类高校附近。他淡淡一笑，也许他的书店坐落在接地气的大理古城人民路上，他和小白都很舒适。二楼的复合空间很清新，即使你不消费，也可以坐坐，静下来发呆。小白自制蜂蜜酸奶，也给那个晴朗的下午带来一抹清新。重要的是，我吃到了这可口的酸奶。后来专门去吃酸奶，要么小白不在店内，要么就遇见店休日。这个遗憾，一直持续到现在。

16>
西藏天堂时光旅行书店（纳木错店）

纳木错的天堂时光，海拔4718米。当年老潘说这是世界上海拔最高的书店，我有点儿被忽悠去的感觉。直到走进纳木错，我看到了西藏最安静的湖，最蓝的天空，觉得还是值得一去。书店很简陋,在2015年关店。

后记
致谢

《慢半拍,我的书店光阴》,是我生命中的第二本书。已经不记得花了多少光阴完成的,在写作上,就"折腾"了一年。

首先,要感谢化学工业出版社的龚风光老师。2015年冬天,他找到我的时候,正是纪录片《有一种生命叫书店》上线阶段。后来面对面聊天,才知道他关注我的微信公众号很久了,对我的"慢拍"这个概念很感兴趣,然后聊到我的手作,最后回到了书店上,并确定出版一本与书店相关的书。

那时候,我手上的书店头部内容是书店人物专访,还有大量的图片。2016年初夏,我把样章交给了龚老师,当时被"退"了回来,因为样章的字数不够。之后很长一段日子,我在写作上遇到最"煎熬"的瓶颈期。中间还动了一个念头:有那么多图片,干脆把这本书变成摄影集吧。

龚老师和编辑都没同意我的这个决定,就这样,又花了半年时间,文字上删删减减,最终确定为《慢半拍,我的书店光阴》。这个书名,是龚老师的建议。我一声不吭地同意了,那瞬间,觉得他懂我的心路历程。同时,还要感谢化学工业出版社"慢半拍"系列书的编辑张曼,对这本书的用心策划与审稿。

其次,要感谢为这本书写推荐序的龙之媒创办人徐智明和杂字创办人女贼。身边总有朋友问我,你是怎么认识一个圈层的大咖的呀?用了什么方式说服他们给你写推荐序的啊?老实说,书店圈具有自然吸引力法则,加上互联网的便捷。可是,还是要踏踏实实做事情,自然会有人愿意帮助你。

我跟徐智明老师在网络上认识,已经很多年了。记忆中,见过面就两次。2013年年底,我记录了他的龙之媒书店的闭幕,那时候大家爱在微博上分享。第二次见面,就是他跨界到儿童教育领域,出版了新书《育儿基本》,在书店做分享会。当天他很忙,在签名的时候,很爽快地就答应了我,为这本书写推荐序。说实话,我看到推荐序的标题时,高兴了一阵子,证明我的小小"虚荣心"还在。

女贼也是在微博上认识的,可我的第一本《杂字》,居然是在北京的好书吧买的。其实,三观一致的同类,不需要刻意联系,这些年我们都在长成自己罢了,正如女贼在推荐序里写的那样:"对书店的关注,已经是我们身上文身式的专情,仿佛霸蛮的巫师,自带吸星大法,吸走了眼睛接收外物的主要触角,区别不过是,我眼睛里的收纳盒是做出版、开书店,而她眼睛里的收纳盒是探访书店,行摄书店。"

记得第一本书写了53家书店,这本书就不再去细数多少家了吧。从书的目录里,可以找出来20余家书店。加上结尾消失的书店名单,有13家。

7年来,感谢我生命中遇见的书店们,也感谢我的相机,既是那个当下内心的呈现,也为我日后的写作提供了更丰富的素材。如果说第一个相机拍下的多是书店风景,那么第二个相机记录下了抓住细节的书店图片,还有珍贵的人物视频。

最后,我要感谢我的妈妈,谢谢她给予我的鼓励和陪伴。从2014年秋天起,我开始做书店人物专访,有时候一个城市的某家书店,会去好几回。无论坐飞机,还是高铁,我会在清晨接到妈妈的电话提醒,比闹钟还准时,也总会在睡前,听到她的声音。

后来,剪片、写作阶段,每次我觉得"抗不过去"时,她总会跟我说那句话:"碰到复杂的事情,睡一觉就好了。"嗯,我是有多么幸运,有这么一个懂我、陪伴我的巨蟹座妈妈啊。

这本书,送给我的妈妈,也送给自己。

本书讲述了中国数十家独立书店的故事，带领读者看到中国独立书店的前世今生，也看到书店里看书的人们、书店里的小细节。书中更收录了已经消失的书店名录，令人叹惋。在书店的成长与变化中，感受在书店中缓慢流淌的光阴故事。

图书在版编目（CIP）数据

慢半拍，我的书店光阴 / 解彩艺著. -- 北京：化学工业出版社，2018.1（2018.7重印）
ISBN 978-7-122-31184-9

Ⅰ.①慢… Ⅱ.①解… Ⅲ.①故事—作品集—中国—当代 Ⅳ.①I247.81

中国版本图书馆CIP数据核字(2017)第307758号

责任编辑：张　曼　龚风光　　　　装帧设计：颜　禾
责任校对：王　静

出版发行：化学工业出版社（北京市东城区青年湖南街13号　邮政编码 100011）
印　　装：北京方嘉彩色印刷有限责任公司
710mm×1000mm　1/16　印张 13　字数 140千字　2018年7月北京第1版第2次印刷

购书咨询：010-64518888（传真：010-64519686）　售后服务：010-64518899
网　　址：http://www.cip.com.cn
凡购买本书，如有缺损质量问题，本社销售中心负责调换。

定　价：58.00元　　　　　　　　　　　　　　　　　　　　版权所有　违者必究

慢得刚刚好的生活与阅读